COLETTE

Le Fanal bleu

FAYARD

Le Fanal bleu a été publié pour la première fois en 1949.

Que nos précieux sens s'émoussent par l'effet de l'âge, il ne faut pas nous en effrayer plus que de raison. J'écris « nous » mais c'est moi que je prêche. Je voudrais surtout qu'un état nouveau, lentement acquis, ne m'abusât point sur sa nature. Il porte un nom, il me forme à une vigilance, une incertitude et des acceptations nouvelles. Ce n'est pas que je m'en réjouisse, mais je n'ai pas le choix.

Une fois, deux fois, trois fois, me détournant du livre ou du papier bleuté vers le préau magnifique dont la vue m'est consentie, j'ai pensé : « Les enfants du Jardin cette année sont moins criards », peu après j'accusais d'extinction progressive la sonnette de l'entrée, celle du téléphone, et tous les timbres orchestraux de la radio. Quant à la lampe de porcelaine – pas le fanal bleu de jour et de nuit, non, la jolie lampe peinte de bouquets et d'ornements – je n'eus pour elle que grommellement et injustice : « Qu'est-ce qu'elle a pu manger, celle-là, pour être si lourde? » O découvertes, et toujours découvertes! Il n'y a qu'à attendre pour que tout s'éclaire. Au lieu d'aborder des îles, je vogue donc vers ce large où ne parvient que le bruit solitaire du cœur, pareil à celui du ressac? Rien ne dépérit, c'est moi qui m'éloigne, rassurons-nous. Le large, mais non le désert. Découvrir qu'il n'y a pas de désert : c'est assez pour que je triomphe de ce qui m'assiège.

Quatre ans ont passé depuis que j'ai publié *L'Etoile Vesper*. Ce furent des années rapides, comme sont les années qui ont des matinées identiques, des soirées en vases clos, avec un petit centre imprévu, comme un noyau. *L'Etoile Vesper,* je l'appelais honnêtement mon dernier livre. Je me suis aperçue qu'il est aussi difficile de finir que malaisé de continuer. Sous mon fanal bleu mon amarre est de plus en plus courte, mon tourment physique de plus en plus fidèle. Mais que de déplacements – sauf la marche – me sont encore permis! Uriage en 46, Genève et le Beaujolais en 47, la Provence – quoique interdite – en 48... Les pays, les ondes, les rivages retrouvés, je les recensais du haut d'une automobile ou d'une chaise roulante, avec orgueil : « En somme, je puis encore visiter tout cela... » Visiter? C'est manière de dire, surtout de sentir. Anna de Noailles, durant la dernière impotence de sa vie, a vu plus que moi de cités, de mers et de monts, sur l'envers de son store toujours baissé.

Je voulais que ce livre fût un journal. Mais je ne sais pas écrire un vrai journal, c'est-à-dire former grain à grain, jour après jour, un de ces chapelets auxquels la précision de l'écrivain, la considération qu'il a de soi et de son époque, suffisent à donner du prix, une couleur de joyau. Choisir, noter ce qui fut marquant, garder l'insolite, éliminer le banal, ce n'est pas mon affaire, puisque, la plupart du temps, c'est l'ordinaire qui me pique et me vivifie. A me promettre de ne plus rien écrire après *L'Etoile Vesper*, voilà que je couvre deux cents pages, ni mémoires, ni journal. Que mon lecteur s'y résigne : lampe de jour et de nuit, bleue entre deux rideaux rouges, étroitement collée contre la fenêtre comme un des papillons qui s'y endorment le matin, en été, mon fanal n'éclaire pas d'événements de taille à l'étonner.

Il y a vingt ans, ou un peu plus, que l'amie de la musique et des musiciens, la princesse Edmond de Polignac, condamna d'un regard et d'un mot le pupitre-table à quatre petites pattes qui, de Paris à Saint-Tropez et retour, me suivait, faisait halte sur mon lit, aux auberges. Je tenais à ce meuble, improvisé pour moi par Luc-Albert Moreau, peintre, graveur et maître bricoleur, pour que j'y puisse écrire hors de la posture assise, à pieds pendants, qui toujours fut nuisible à mon bien-être et à mon travail.

– J'ai, me dit la princesse de Polignac, un petit meuble anglais, qui, agrandi, vous conviendrait tout à fait.

Elle ne se trompait pas. Epaissi, consolidé, haussé, ayant perdu la plupart de ses grâces du XVIIIe anglais, il enjambe mon lit-divan et contente en effet depuis un quart de siècle mon repos et mon métier. Un pupitre à crémaillère s'encastre dans sa solide table d'acajou et supporte le poids de téléphone, de fruits, de coffret-radio et de gros tomes illustrés qui me délassent de ma propre écriture... L'édifice circule aisément de mon chevet à mes pieds. En y comptant le couteau à tout faire et sa queue de scorpion, le bouquet de stylos, et des bibelots sans utilité précise, je groupe sur son dos quelques bons et agréables serviteurs.

Grand désordre de papiers autour de moi; mais désordre de trompeuse apparence, compliqué tantôt de châtaignes bouillies, d'une pomme mordue, et depuis un mois, d'une graine – exotique? – dont les capsules détiennent puis expulsent, avec une sorte de violence, une semence d'argent fin, lestée d'un granule, plus léger encore que n'est la semence des chardons. Une à une ses houppes se libèrent, gagnent sous mon plafond l'air échauffé, y voyagent longuement, redescendent, et si l'appel d'air du feu en happe quelqu'une elle se prête au rapt, s'élance résolument dans l'âtre et s'y suicide. J'ignore le nom de la plante qui disperse ainsi ses volantes âmes, mais elle n'a pas besoin d'un état civil pour prendre sa place dans mon musée d'ignorante.

Ceux que je voulais durables, bien accrochés à leur vie et à la mienne, où sont-ils? Jamais l'idée me fût-elle venue que Marguerite Moreno me quitterait? La fatigue sur elle se faisait bénigne, elle riait de dédain quand je lui vantais l'oisiveté et le demi-somme de la sieste... Mais Marguerite prend un refroidissement, succombe en huit jours. Mais Luc-Albert Moreau rencontre un ami, s'écrie joyeusement : « Ah! mon vieux, je suis content de te voir! » et meurt sur la place, trahi par son cœur. Et avant eux, Léon-Paul Fargue... Tout près de mourir il murmurait contre le bleu de ses draps qu'il avait fait teindre : « Beaucoup trop bleu...

inadmissible... » Et d'autres qu'il me faut renoncer à nommer, sinon à compter... En moi-même, je leur reproche leur fin, je les appelle imprudents, négligents... Me priver d'eux, si brusquement, me faire ça, à moi... Aussi ai-je repoussé, hors de ma vue et de mon souvenir, leur image de gisants, leur posture de quiétude définitive. Fargue soudain sculpté? Je n'en veux pas. Mon Fargue à moi porte encore ses souliers poudreux de piéton, il parle, il gratte la tête noire du chat, il me téléphone, il va de Lipp à Ménilmontant, il commande à la houle trop bleue de sa couche... Les pieds de Marguerite Moreno, chaussés d'or immobile? Oh! non. Mon souvenir me les garde nonchalants, mobiles, vulnérables et jamais las.

Mes cadets, mes bien vivants, dirigent parfois vers moi un regard sévère; ils se méfient. Ils ramènent sur mon épaule un pan de châle : « Vous ne sentez pas trop d'air? » Non, je ne sens pas trop d'air, je ne sens pas *cet* air-*là*, auquel vous pensez. Je n'ai pas assez de suite dans les idées pour le sentir. J'ai tant d'occasions de me détourner de ce que vous nommez pudiquement « le mauvais air ». Surtout j'ai la douleur, cette douleur toujours jeune, active, inspiratrice d'étonnement, de colère, de rythme, de défi, la douleur qui espère la trêve mais ne prévoit pas la fin de la vie, heureusement j'ai la douleur. Oh! Je reconnais qu'à employer l'adverbe « heureusement », je lui trouve une affectation de coquetterie, une minauderie d'infirme. Très peu d'infirmes gardent intact leur naturel, mais je ne voudrais pas laisser croire que je puise dans l'infirmité un coupable orgueil, l'habitude des égards, ou bien le complexe d'infériorité, qui est un principe d'aigreur. Je ne parle pas des simulateurs de la douleur qui n'offrent aucun intérêt et constituent d'ailleurs une infime minorité, je ne fais pas d'allusion à une catégorie de souffrants qui ne détestent pas être surpris, ou rencontrés, en flagrant délit de souffrance. Mon frère, le médecin, jugeait la délectation de ceux-ci en peu de mots. « C'est comme une extase, disait-il. C'est comme de se gratter le fond de l'oreille avec une allumette. C'est un peu vénérien. »

Je tiens, d'un grand homme politique qui était boiteux, un aveu que je n'ai pas trouvé obscur, quoique en ce temps-là je ne fusse qu'agréablement valide. L'homme politique aimait me hausser jusqu'à des idées générales, du moins il y tâchait. Je m'y efforçais aussi, pas longtemps. Je crois qu'il m'eût trouvée médiocre en beaucoup de choses, s'il n'eût aimé autant un de mes livres, *La Naissance du jour* – et qu'il eût souhaité élargir (moi je disais : borner) ma vie à quelque grande idée qui m'eût servi quasi de religion, de dignité *(sic)*, d'inspiration. Je lui demandai un jour, par malice et représailles, s'il imaginait ce que peut être une existence dévastée par une pensée unique, et je fus étonnée de la réponse qu'il me fit :

– Très bien, répliqua-t-il promptement, puisque toute ma vie, tous les jours, et presque à chaque heure, je me suis rappelé que j'étais boiteux.

Il supporta avec un très grand courage, avant de mourir trop tôt, accidents et opérations, puis nous laissa une œuvre littéraire de poids, tout entière tournée, comme fut sa vie, vers la politique – tout entière sauf une nouvelle assez longue, une manière de chef-d'œuvre, une seule nouvelle, dont le héros est infirme.

J'ai donc, par chance, la douleur, que j'accorde avec l'esprit de gageure, le super-féminin esprit de gageure, de jeu si vous préférez : la Chatte Dernière, qui se mourait, indiquait, d'un geste de la patte, d'un sourire de son visage, qu'une ficelle traînante était encore objet de jeu, aliment de la pensée et de l'illusion féline. Chez moi, on ne me laissera pas manquer de bouts de ficelle.

Genève, 1946.

Je reviens de Genève, qui vit active à petit bruit. La singulière existence du malade en traitement au centre d'une cité étrangère, je ne lui trouvai d'abord que peu de ressemblance avec ma vie, adaptée depuis longtemps et de si bonne volonté à un mal, à ses plaisirs et à ses peines, à une ville aimée où je n'avais presque pas besoin de la douleur pour agencer une imitation de thébaïde, toute de solitude arbitraire et de capricieuse sociabilité.

La capitale suisse, je ne la sentais ni ne l'entendais autour de moi, en bas de ma case d'hôtel. Il est vrai que son pavé actuel est lisse, et son trafic dépend de voitures silencieuses. Une charrette à bras ramasse le matin les feuilles et les brindilles du petit square. Et les papiers? Non. Il n'y a pas de papiers par terre à Genève. La petite charrette à bras roule sur deux gros boas pneumatiques. Je ne vois de ma fenêtre, sur un lé de quai, à un angle de rue, que des automobiles miroitantes comme des pianos neufs.

Les premières semaines d'un long traitement comportent ensemble l'accalmie et l'exaspération, si je compte l'accablement pour calme. Il me suffisait de me rappeler des séjours, brefs, vieux de trente ans, à Genève, dans une pension de famille où des artistes de théâtre et de music-hall, comme moi modestement fournis de pécune, hantaient une table d'hôte. Un Genève tout rayé de pluie. Mes poches s'emplissaient d'altruistes cigarettes (je ne fume pas), de petites montres en acier noir et en nickel, qui coûtaient bien dix francs pièce, dans le temps où le franc suisse équivalait au franc de France...

Revenue à Genève en 1946, j'y attendis, pendant qu'avril hésitant approchait, le retour d'une partie de mes forces, plutôt celui de mon optimisme – c'est la même chose – sinon l'extinction de la douleur, et aussi qu'une appréhension, presque exclusivement physique, cessât de s'opposer à la perception de la ville et de la nation. Etais-je donc si réduite, qu'au début le mont d'argent dur, par-delà le Léman, ne m'apparut que comme une réplique des cartes postales? Il le faut croire, puisque le grand jet d'eau, issu du lac et qui brandi, roidi, constamment y retourne, je ne le regardais que comme un jouet majestueux, un épi, une semence éployée au vent, rebelle au vent. Il le faut croire, puisqu'il ne fut pas question, dans le commencement, de triompher d'un état de dépendance et d'humilité devant le thérapeute qui entreprenait de me défendre.

J'apprenais, premièrement, le comportement du patient en traitement, auquel mes médecins amis ne m'avaient pas dressée. J'apprenais la ponctualité, l'accoutumance, et quelles heures amenaient l'entrée d'un étranger puissant, bien intentionné et inexorable... L'heure de craindre, tout en l'appelant, un certain homme, un homme nouveau. Par chance, cette heure-là se chargeait d'une tenace coquetterie, réclamait la combinaison rose, la chemise de nuit nouée d'un ruban frais, la robe de chambre lissée d'un coup de fer. L'instant qui précède l'entrée d'un tel homme plein de pouvoir est plus émouvant que ne sont ses sévices en piqûres, pétrissages, profondes délégations électriques, auxquels sa présence réelle est un adoucissement. Après le cri involontaire ou le grommellement, je me permettais le rire plus décent que le sanglot,le blasphème cordial, une grosse plaisanterie que le médecin excusait. Puis je bénéficiais d'un moment de conversation extrêmement agréable, affectueux, allégé, délivré de moi, et... « cher docteur, à demain ».

J'avais bien oublié mon Genève d'autrefois, puisque aux premières sorties en voiture, à la nuit d'avril tombante, je m'étonnai si fort que la ville fût ce lâcher de piétons, de cycles, de silencieuses voitures américaines, cette affluence sans vacarme, cette activité sans chocs, cette hâte sans confusion. Et surtout, quelle fête d'électricité, pour le plus grand étonnement de mes six années de réclusion parisienne au sein du bleu de cave, du noir de guerre, du rouge de lumignon. Un bain de lumière rose prodiguée changeait en viviers frémissants les cases, débordantes et ordonnées, des magasins agencés pour la victuaille, la dentelle, la chaussure et les parfums. Je ne cessais de m'étonner. Quoi, le chocolat à portée de la main, et les gâteaux, dans les pâtisseries qu'on dépouille et n'épuise point? A portée de ma main, de ma bouche sevrée, le lait, le LAIT, pur, révéré, vendu à toute porte, le lait que la condition des « V », à Paris, dispense goutte à goutte et bleuâtre? Tout un chacun, moi comprise, peut ici s'asseoir dans un restaurant-jardin, ou chez le confiseur-glacier, et demander une tasse, deux, trois tasses de lait et les obtenir? Loisible à tous de le boire dans une coupe rouge à pois blancs, ou bleue comme la pervenche? Le boire invisible et sapide dans un grand gobelet de galalithe aussi blanc que lui? Le mander à n'importe quelle heure, dans ma chambre d'hôtel, glacé et privé d'expression, ou tiède et évocateur du pis satiné, le teinter de café, le varier, mousseux, échauffé de vanille, de sucre et de rhum? Je ne pourrai de longtemps me rassasier de voir le lait courir la ville aux mains des enfants dans une boîte bien fourbie, de le contempler jalonnant ma promenade sur roues, confié sans défense au portillon entrebâillé des chalets, balancé à une branche basse parmi les cerises vertes, déposé solitaire sur le petit mur de clôture et veillé par le chat!

À qui ne peut flâner sur un trottoir, se fier à des chances et des caprices de piéton, il n'est que des vues superficielles, de fuyantes cités, des édifices enrichis de séduisantes erreurs optiques. Non seulement je suis, d'ores et déjà, décidée à me contenter de celles-ci et celles-là, mais je m'y encourage. Qu'ai-je à perdre? Plus rien. Au contraire. Les illusions accourent. Mais non, ceci n'est pas une tondeuse à haies, c'est le nouvel ustensile qui fait le café tout seul. Et ce joli objet d'une courbe si suave, non, ce n'est pas le support idéal pour polygonum grimpant, c'est un presse-pantalons. Car ici l'invention pratique fait merveilles. Certains magasins, qui s'intitulent modestement « quincaillerie », jusqu'à quand me seront-ils inaccessibles? Je voudrais du moins coller mon nez contre leurs vitres, m'enivrer de bois verni, de hêtre rosé, de fer émaillé et d'aluminium, tant l'ingéniosité suisse éveille, à leur vue, l'idée d'art et d'harmonie. Par contre, les magasins consacrés aux bibelots artistiques...

Mais personne ne m'a priée de critiquer l'art, de dénombrer le paysage peint, le nu rosé, la nature morte, et quel besoin puis-je avoir d'un sous-main en cuir gravé, d'une cristallerie ornementale ? Laissons l'art en repos, il me le rend bien quand je frôle, au train ralenti de ma voiture, les magasins où toute denrée semble frais pondue. L'art, ici, c'est l'état d'innocence, le soin jaloux, la vendeuse intacte; l'art, le luxe, c'est le papier, papier gaufré, dentelé, plissé, doré, le papier prodigué, blanc comme la neige, bleu comme le glacier. Comparé à lui, à son hygiénique abondance, le linge de notre France pauvre, contrainte à la parcimonie, exploité coin de serviette après coin de serviette, nous dégoûtera un peu.

Des bananes, des pommes d'arrière-saison encore juteuses, des fraises de primeur, des oranges, des œufs, de la crème fouettée ou non... Par contraste, point de fromage sinon au gramme, ni de riz, ni de beurre, sauf par ruse et combine. Et de nous esclaffer : « Pas de gruyère en Suisse ? Elle est bien bonne ! » Nous prenons ça pour une brimade humoristique, jusqu'à ce que nous reprenions notre sérieux devant la gravité et le naturel des autochtones : « Non, il n'y en a pas en ce moment », dit la charmante jeune femme genevoise. Elle porte des robes de couturier, des joyaux. Mais elle n'a pas de gruyère, ni de beurre. Elle est entraînée au respect des restrictions, et ne triche pas. Peut-être qu'ils n'ont pas de diable en Suisse...

Et gavés d'autre sorte, nous nous consolons en mangeant le pain tout seul, le pain-gâteau, le pain-brioche, le pain-gourmandise. Il est si bon que par timidité nous restons sur notre envie, et nous n'osons pas, à table, redemander du pain plus de deux fois.

Je n'ai avancé que par petits bonds, si j'ose écrire, dans la connaissance des facilités genevoises. La saison hésitait, et d'une couche où l'on souffre on ne prend, de la vie des êtres valides, qu'une vue courte. Huit heures du soir voyaient la fin de mes forces, l'arrivée d'un plateau chargé – crudités, viande grillée, légumes verts, fruits, qui ne sait par cœur le menu dit de régime? –, puis venait ma récréation lumineuse. Par la fenêtre ouverte, emplie d'un bleu qui devient peu à peu nocturne, je vois un lé de lac, qui reflète un pont, des quais, et jusque passé minuit les enseignes multicolores, les phares, les perles électriques délimitent le lac. Demain, le brouillard matinal me rendra, irisée et quasi mouvante, la cathédrale hissée au-dessus des toits, et les étranges coques de vitres qui couvent les cours intérieures. Demain j'aurai la paisible aurore brumeuse et le tournoi d'hirondelles. Le soir, j'ai les drapeaux de lumière multicolore, qui baignent et s'étirent dans l'eau. Un certain azur publicitaire glorifie l'horlogerie nationale, heurte un vert d'absinthe dont la friction l'exalte, tandis qu'un écarlate se propage jusqu'au ventre en nacelle de trois cygnes, balancés sur leur propre reflet.

C'est un plaisir, certes, que de recevoir en plein visage un spectacle, lumières et ombres, sans se soulever sur un coude, sans tourner le cou, sans s'asseoir sur la couche, de ne le quitter qu'au moment où les paupières le séparent de nous. Ce qui se fait facile est un plaisir, même lorsqu'une goutte amère s'y dissout : si je n'avais pas – là et là, et là encore – cette... enfin ce mal, je n'aurais jamais eu l'idée de mettre mon lit dans l'angle, calculé au plus juste, où son occupante peut sans bouger exploiter trois horizons. L'agile, le dispos n'ont que faire de tant de commodité.

« J'irai moi-même, me dit une amie qui passe quelques jours à Genève, acheter dans les magasins ce qui vous tenterait ici. Confiez-moi une liste. »

C'est aussitôt fait que dit. J'avais depuis longtemps l'envie d'un moulin à poivre de bonne fabrication, un moulin, comme on dit dans mon quartier de Paris, « qui moule » et non pas ce mauvais petit rouage, prompt à s'émousser, qui hante nos bazars. Je voulais une tresse de fil et une tresse de soie, composées d'aiguillées égales et multicolores à l'ancienne manière, nouées à chaque bout comme les cervelas. Je les ai. Un peu maigres, mais un joli travail de natte à la main, une vraie passementerie. Je voulais des boutons pour la lingerie, en nacre, à quatre trous. En nacre, je ne m'en dédis pas. Oui, en nacre, folie et dilapidation! Et des aiguilles, donc, des aiguilles « anglaises » (quand j'étais petite, leur enveloppe vernissée était déjà imprimée en allemand), des aiguilles que nous appelons, nous autres techniciennes du cousu main, « à chas diminué ». Et de la laine à repriser, en cartes. Et de l'élastique pour coulisser les ceintures des culottes en maille. Et des bobines de fil vieux style, du « fil poissé » pour coudre dans du cuir. Ai-je cousu, couds-je, coudrai-je dans du cuir? Là n'est pas la question. Et du cordonnet de soie en vraie soie, pour refaire les boutonnières fatiguées des vêtements d'homme... Un étrange bien-être se peut donc puiser dans l'aspect, le contact de certaines « fournitures » que n'a jamais régies, ni modifiées, aucun souci d'esthétique ou de modernité ? Bien sûr. Mais c'est parce que je suis encore riche, je n'utilise pas à la manière ordinaire. Dans un sens magique de contemplation et d'évocation, je m'enrubanne de mercerie. Vous ne vous figuriez tout de même pas qu'elle a su, ma main droite un peu pelotonnée par l'habitude d'écrire, enfanter ce chef-d'œuvre de régularité, de discret relief, de solidité : une boutonnière de vêtement masculin ? J'entends la boutonnière au point de feston, naturellement. L'autre, la boutonnière dite passepoilée, n'offre aucune poésie.

Pour ce qui est des aiguilles à tapisser, la recherche est décevante. En France, néant. En Suisse, le désert. Il y a longtemps que dans les grands magasins français on me répond : « Nous ne connaissons pas ça. Oui, autrefois, je ne dis pas... » avec la tête penchée de côté, vous savez, un peu comme le chien à qui on offre un verre vide, et on me propose, compensatrices, des aiguilles à repriser ! Je projette, quand mon meilleur ami reprendra le volant et sa patience, de m'arrêter à toutes les petites merceries de village, les vraies, celles qui ont encore un portillon et une sonnette, celles qui mettent les boutons dans la boîte à laine, la laine dans le tiroir aux lacets, les lacets dans le compartiment aux fermetures Eclair, celles qui embaument le hareng saur, celles, enfin, où une fillette se tourne vers la sombre arrière-boutique en criant : « Maman, je les trouve pas, ces aiguilles que la dame me parle ! »

*

Six semaines. Déjà? Seulement? Pareilles, pressées de s'écouler, chacune portant, fiché en son centre, en son sommet, en son déclin, le piquant rappel à la vie qu'est la douleur physique, les journées passent. Cher-docteur-à-demain a toujours sa voix douce, son cœur qui occupe trop de place dans sa large poitrine et l'essouffle. Il fait beau – non, il va faire beau. Derrière la nue un soleil blanc fond quelques neiges sur les flancs du Jura. Le retour de l'hiver qui a désolé Paris, Genève l'accueillit avec sa sérénité de riche. L'hôtel ralluma son calorifère et de surcroît nicha, dans tous les coins, des radiateurs paraboliques. Ainsi font les amateurs de jardins qui ne peuvent pas voir un trou de rocaille sans y loger un saxifrage ou un pied de fougère.

Mais nulle imitation relapse de frimas ne put surprendre ni décourager les arbres de Judée, les cerisiers doubles, les lilas bleus et pourpres, en marche et têtus. Ils ont pris le départ, fleurissent et couchent dehors. D'ailleurs le démenti à l'hiver monte, au crépuscule, des vases paisibles et peu vannées, dormantes au fond du lac. Le long de ma promenade d'invalide, je ferme mon nez à la fragrance flottante et douceâtre. Pas assez de sel. Au contraire l'autochtone soupire, extasié : « Ah! cette odeur du lac... Quand je la retrouve après une absence, elle me met les larmes aux yeux... » La profonde veine verte, le Rhône, refuse de se mêler au commun des eaux, divise avec force celles du Léman et fuit, poignardée d'or à l'heure de midi.

Le moineau, ce piéton... Je n'avais pas l'intention de parler de lui. Je ne voulais que le nourrir, et m'en tenir là. Mais à Genève le passereau prend des initiatives, et m'instruit malgré moi. Ici des générations de braves gens ont formé des générations d'oiseaux confiants. Le libraire français tout proche, à trois pas – ainsi je traduis : cinq à six tours de roue – s'est mis à la mode du pays : « L'hiver on se partage les oiseaux, me dit-il. Pas pour les manger, pour les secourir. Une nuit de grand froid soudain, l'autre hiver, j'ai dû me lever pour aller délivrer une mouette qui avait les pieds pris dans la glace du bord du lac, là devant ma porte, la pauvre bête... » Il m'apporte à moi aussi sur le trottoir ma pâture de livres d'occasion, quand je ne peux pas quitter la voiture, et me promet tout bas « un Peter Cheney » pour la semaine prochaine... Il sait qu'en dépit des longs jours printaniers, les nuits ne sont pas si brèves que l'assurent les passereaux.

Le cri de ceux-ci, si peu modulé qu'il ne rompt pas toujours le sommeil du matin chèrement acquis, je le supporte aussi bien qu'au Palais-Royal. Mais je ne prévoyais pas qu'à l'heure où le sommelier immaculé apporte le plateau et écarte les rideaux croisés sur la fenêtre ouverte, je n'avais pas prévu qu'à cette heure-là il m'arriverait non pas de voir *entrer* les passereaux dans ma chambre, mais de les en voir sortir. Sept issirent, couleur de souris, de dessous mon lit, et rejoignirent les autres piailleurs dehors, sur le petit balcon.

A partir de ce jour-là, j'eus peine à suivre les progrès de leur familiarité, je devrais dire leur exigence. Leur appétit n'a pas plus de bornes que de trêve. Trois petites femelles fondèrent une nourricerie sur le balcon, pour des jeunes déjà emplumés mais qui imitaient encore très bien la prière et le grelottement frileux des oisillons affamés.

Jeanne Loewer m'apporta, de la Chaux-de-Fonds, un gros pain rond rassis, pour les repas de corps du matin à sept heures et demie. Les petites femelles fuselées tenaient tête aux mâles ronds du ventre, mieux vêtus qu'elles, la joue et l'aile coquettement peintes. Je les regardais, j'apprenais un peu de l'oiseau, cet inconnu, en me disant que quatre pattes à un oiseau le rendraient encore plus attachant que ces deux ailes, croisées derrière le dos à la Napoléon.

Puis la moulure de semble-acajou, au pied de mon lit, servit de perchoir à des quémandeurs qui me dévisageaient, lançaient un sec appel d'impatience et happaient la mie de pain au vol comme des bouledogues. Bientôt leur troupe accrue, si je m'enfermais dans la salle de bains, réclamait que je rouvrisse la porte. Enfin, au terme d'une sieste, par un après-midi cotonneux et tiède, je perçus à mon flanc un mouvement si étranger à moi-même, si propre à m'émouvoir... Ils étaient deux, l'un contre l'autre, dans un pli de ma couverture. Mon contentement trop vif, mon geste pour me pencher sur eux étaient prématurés, puisqu'ils s'envolèrent. Mais j'étais avertie que le temps n'était pas loin où dans une petite foule indistincte j'allais découvrir l'individu, le singulier, le préféré qui me préférerait. Chaque fois le danger, avec l'animal, se fait le même pour nous. Choisir, être choisi, aimer : tout de suite après viennent le souci, le péril de perdre, la crainte de semer le regret. De si grands mots au sujet d'un passereau? Oui, d'un passereau. Il n'est pas, en amour, de petit objet.

Avril n'était pas clos qu'avant la vague de froid les « rosiers de mai » et les corchorus se donnaient en exemple, blancs et jaunes, aux rosiers tout court, et que sans tiges les premières gentianes, descendues des monts jusqu'aux fleuristes, buvaient dans mon verre à dents. Un peu de mousse humide remplace leur tige et les aide à boire. L'azur intransigeant est leur seule beauté; y a-t-il une raison pour qu'un bleu obscur nous trouve aussi sensibles?... Vieilles évocations de firmament, mirages de mers, ce que nous tenons pour éternel est volontiers bleu. La gentiane tend sa corolle sur des nervures de parapluie, la feuille du cyclamen se double de caoutchouc mauve; l'edelweiss est tout coton. Aucun des trois n'y perd sa séduction et son caractère d'innocence emblématique. Je n'oublie pas l'envahisseur, le narcisse! Il est partout. Il convoque annuellement ses fidèles aux Avants, qui le fêtent. Comment fête-t-on le narcisse? En le tuant. On le sacrifie par millions et millions. Ne nous attendrissons pas, il n'est bon qu'à ça. Cueilli, on le noue en bottes, et il est prompt à se faner si on ne l'immerge généreusement. Son retour des Avants en auto, en moto, à vélo, a couvert la route d'une odeur horizontale ininterrompue, du sein de laquelle nous nous écrions tantôt : « C'est divin! » tantôt : « C'est écœurant! » A peine si le parfum mortuaire et souverain des lilas put nous en distraire, lilas bleus, lilas pourpres et mauves, lilas varins à thyrses maigres et aérés. « Ce lilas varin, disait Sido ma mère, je n'arrive jamais à décider s'il sent un peu bon ou beaucoup mauvais... »

En maint endroit les cerisiers débordent les murs, débordent les haies de clôture. Vertes hier, les cerises sont roses aujourd'hui, demain plus roses, plus rondes, plus lourdes. Elles se couvrent d'une rougeur égale, se vernissent, tentent l'œil, la bouche, la main. Etendons le bras, elles sont à moi, à vous, à nous... Je passe en voiture, et jour après jour je vois qu'il ne manque pas une cerise. Chez nous, en secouant le cerisier, on ferait choir, outre les cerises, le garçon caché dans l'arbre. « Il ne faut pas tenter le diable », dirait pour s'excuser le pillard, poches et bouche pleines. Quand je vous dis qu'ils n'ont pas de diable en Suisse.

J'ai reçu une lettre d'amour : « Madame Colette, je vous adore ! Et je suis très beau. Si vous ne me le défendez pas, je viendrai vous voir, et vous donner un baiser sur le nez. »

C'était signé « Béni ». Je n'écartai pas de moi ma dernière chance d'une entrevue tendre avec un prince-pour-le-moins-oriental.

Il vint, porté par une esclave qui se disait sa maîtresse. Il prit pied sans dédain sur le tapis usagé de ma chambre d'hôtel, et nous ne sûmes d'abord, mon meilleur ami et moi, que lui dire. Mais il ne perdit pas pour si peu la parole, ni sa princière et familière contenance.

Il était rose –, ainsi doivent être les persans dits « crème », quand ils sont parfaits, chargés comme celui-ci d'honneurs, de médailles et de premiers prix. D'un rose à peine cuivré, très près du sol par ses pattes de devant, un peu haussé sur son train de derrière. Vêtu comme une fée, il semblait miraculeusement à l'aise au sein de son nuage, qui sur les flancs battait à chaque pas, et l'habillait par-derrière d'une immatérielle culotte floconneuse. Sa robe foisonnait en boucles sur sa poitrine et son ventre, et s'échappait, en aigrettes courbes, de l'une et l'autre de ses oreilles.

J'hésite à parler de ses yeux, ne sachant comment peindre leur forme, leur large éclat d'or bouillant et pailleté, et la confiance calme qu'ils versaient aux nôtres, et leur arrière-sourire, puisé dans une jeunesse choyée... Sur ses narines fleurissait aussi la rare couleur du cuivre rosé.

Pour nous rendre encore plus muets et plus dévots, il parla. La voix des angoras est douce et petite dans l'ordinaire de la vie, sans préjudice des temps amoureux où ils se changent en démons hurleurs. Il sauta sur mes genoux éblouis, et puisqu'il l'avait promis, me donna un baiser sur le nez. Il voulut bien manifester quelque curiosité pour ma salle de bains, et pour les passereaux impertinents du balcon, auxquels il adressa une allocution dans le style chevrotant qui manifeste, à la gent ailée, les sentiments du chat. Mais comme il était sans besoins il était sans convoitise, et à le voir se détourner des oiseaux pour suivre une boule de papier froissé, nous nous récriâmes d'attendrissement.

Je le tins un moment embrassé, touffu et mieux odorant qu'une gerbe. Il me donna encore des baisers, sur le bout du nez, sous l'oreille. Cependant son esclave m'entretenait de lui, de sa glorieuse lignée, des victoires qu'il remportait à toute compétition. Elle ajoutait quelques détails, qui ne me semblèrent pas futiles : « Il est d'une propreté sans égale; son peigne, ses brosses, sa toilette quotidienne, non seulement il les supporte, mais il les demande; s'il a parfois le goût de montrer une extraordinaire obéissance, l'accent de la réprimande le blesse et même lui ôte l'appétit... » J'enregistrais gravement ces touches légères, apportées à l'authenticité d'un portrait; je les transcris ici sur le ton un peu apprêté qui convient. Ce qui concerne le chat, dans mes souvenirs et dans mes œuvres, n'est jamais un badinage.

L'oreille musicienne du chat fait la différence entre la familiarité et la tendresse. Ce n'est que par jeu et fantaisie que ma Chatte Dernière se plaisait aux « Chatte! Ici tout de suite! Chatte! Allez coucher! » qui accompagnaient les rites du soir. Gaiement elle prenait le galop, courait à sa corbeille, obéissait pour imiter le chien. Mais au vrai le chat préfère dans la voix humaine les intonations les plus voisines du chant. Pour le peu que j'eus à lui dire, je me conformai avec « Béni » au protocole essentiel. D'autant qu'à ses autres perfections il joignait cet air d'enfance et de majesté que conservent longtemps les angoras. Loin de lui étaient la profondeur, l'intensité de la Chatte Dernière, le trop de promptitude qu'elle mettait à ressentir la douleur et à l'exprimer. Par exemple, l'année où dédaigneusement et d'une brève audience accordée au charbonnier du coin, au bistrot blanc et noir, au petit épicier jaune, elle eut cette jolie fille bâtarde, rayée, riante, sotte, que nous appelions Jantille, la Chatte ne tarda pas à la chasser de sa présence et de son affection, par jalousie. A ce point que le nom de Jantille, prononcé par l'un de nous, arrachait à la Chatte une petite plainte faible. Aussi donnâmes-nous Jantille en cadeau à Monsieur le Curé des Mesnuls, et le cœur douloureux de la Chatte s'apaisa.

Cette rêverie rétrospective, c'est à « Béni » que je la dois. Sa présence magnifique, le souvenir de la Chatte, ce qui touche, recrée, rapproche de moi le caractère ou la personne chat me replace dans un climat qui me fut poignant et nécessaire, auquel j'ai renoncé par sagesse et désintéressement.

Cependant Béni paraissait vouloir dormir sur mes genoux, drapés d'une vigogne moelleuse. Déjà il égrenait un ronronnement perlé, lorsqu'il changea d'humeur, miaula en mineur et mena son esclave vers la porte. La princière visite prenait fin avec la patience, la courte, la fragile patience du félin, qui se brise et met aux mains de l'homme le tigre fourbu dans sa cage, le lion dressé, le puma en pleurs...

Encore aimable, déjà distant, Béni écourta les adieux et les hommages. Même il me repoussa de sa douce main de chat, habituée à la clémence mais qui n'oublia pas de me faire sentir qu'elle portait, dormantes dans leur gaine – et roses à coup sûr –, des griffes.

En voiture, je vais d'un petit train de dame du Second Empire. Un poney me dépasserait. C'est qu'il y a tant à regarder, quand on chemine lentement. Les reliefs qu'efface la vitesse ressuscitent. Il m'en a fallu, des ans et des incommodités, pour que j'aie droit à la lenteur, à l'arrêt capricieux, au narcisse, à l'orchis pourpré, à la fraise sauvage! Ce n'est plus maintenant que mon meilleur ami, au volant, se mêlerait de me répondre, le menton tendu en bouchon de radiateur : « Non, non, pas de lavande, pas d'églantine, pas de cytise! Pas de casse-croûte avant Saulieu! Tu me bouzilles tous les horaires! » A présent, c'est lui qui me cueille des jacinthes... Cette arthrite n'est pas une si mauvaise affaire.

Ainsi m'arrêtant et repartant j'explore, je vais de jardin-restaurant à un rivage-jardin, je passe en revue charmilles et roseraies. Déjà les jardiniers de la ville disposent les rosiers qu'ils tenaient en coulisse par milliers. Enrégimentée, la rose assumera une beauté militaire. Certains bataillons hâtifs nous dédient au passage le parfum spécifique de leur espèce, leur haleine invariable de « thé », d'« hybride de thé »... Comme elles vont vite –, comme je vais vite... Pourtant un corps âgé, le mien, s'agrippe à son hiver, à son mal familier, serre sur soi ses plaids, se complaît à l'heure froide qui suit la visite du médecin, profite de l'épuisement prévu pour refermer sur soi, oublier le printemps. On ne referme pas le printemps. Par temps clair le lac est une Méditerranée, un peu avare en indigo. Les enfants pavoisent la ville de petites robes quadrillées; les jeunes filles vont jambes nues. Le luxe, c'est le vêtement sans tache, le blanchissage fréquent, le moelleux pull-over qu'envie Paris. Et que de belles chevelures, qui évitent l'horrible « crêpé ». De grands anges, pas trop féminins, sont hardis à fendre la foule, aux heures d'affluence, de leur chevelure comme une torche, de leurs genoux nus comme des fruits à peau rude et fendillée.

J'admire, je me réjouis, je me promène, je frôle et célèbre tous ces bien-jambés –, oh! non, oh! non, n'allez pas penser que je suis jalouse ni triste, faites-moi l'honneur de croire que je sais goûter la part qui m'est laissée, porter allégrement ce qui m'eût autrefois paru lourd, puiser, dans cette faille qui me creuse et me divise, un peu de... oui, de noblesse. J'hésite, je tâte et mesure un tel mot : s'il allait m'être trop grand?... Enfin croyez que je n'ai pas besoin de tant de ménagements, et que je ris en moi-même quand des personnes très gentilles s'aventurent, à mon sujet, jusqu'au mot « ascétisme », comme si ce fût le nom d'un grade. Pense-t-on qu'il soit aisé d'échapper à l'ascétisme ?

Deviendront-ils l'un de mes divertissements, les remèdes que m'impose le Cher-docteur-à-demain ? L'un est gras et glacial. Un autre plus pénétrant, plus armé qu'un oursin. Un autre encore, que le corps interroge, étonné de recevoir les messages de tant de rayons d'étoile acérés...

Me voilà, au bout de deux mois bientôt, avide de fêter ce qui ne m'est ni promis, ni connu. Cher-docteur-à-demain, je souffre d'espoir et de modestie, et je vous questionne le moins que je peux. Je sais qu'après les rosiers en rangs s'apprête le feu symétrique des géraniums, et celui des sauges écarlates, puis viendront les dahlias, puis les chrysanthèmes... Ne regardons pas plus avant. Sur des rivages édiliquement fleuris j'ai repris en amitié toutes les fleurs sauvages des prés suisses, que l'on apporte à la propriétaire de l'hôtel dans leur abondance d'herbage anonyme. Elles ne sortent de ses mains que triées, élues, accordées, pour monter à ma chambre. Ici une petite gueule de labiée mordille l'aile d'un ophrys abeille; – la barbe rose des lychnis émerge d'une base bleue de brunelles; – impalpables, des ombelles embrument le gros bouton d'or des prairies et des ruisseaux; – les trois « pentecôtes », la mauve, la violette et la blanche, sont le marli serré d'un grand plat rond de muguets, les derniers de la saison; – un reflet de pelage, déjà, argente les trèfles incarnats. Déjà les trèfles incarnats... J'ai donc sacrifié, aidée de mon meilleur ami, le quart presque d'une année à des soins dont je ne puis supputer encore la portée et le fruit, ni même le soulagement ? Personne ne m'a parlé de guérir, mais on fait appel à mes qualités morales. Bon, on sait ce que parler veut dire. D'ailleurs, il y a tant de manières de guérir –, j'en inventerai peut-être une. Un peu d'intrépidité, un usage modéré de l'arbitraire, immodéré de l'étonnement, à l'instar en somme de cet enfant ingénieux qui, tendant un morceau d'étoffe sur deux baguettes en croix au bout d'un bâton, s'écriait : « Maman, viens voir, je viens d'inventer le parapluie ! »

Paris.

CE n'est pas demain, ni cette année, que nous aurons, nous autres personnes à peu près détruites ou en chemin de l'être, nous autres un peu serrées entre nos murs, coincées entre l'armoire-bibliothèque et le bureau, assiégées par le bruit des pas sur le plafond, celui des semelles de bois sur les marches de l'escalier par-delà le mur –, non, ce n'est pas demain que Paris nous fera cadeau d'un ou deux « Jardins d'adultes ». Parant au plus pressé, il faudrait d'abord des « Jardins d'enfants », j'en tombe d'accord. Où prendre le terrain ? Je ne suis pas dupe de l'indigence : quand Paris veut des terrains libres, il les trouve. En les cherchant, bien entendu. Après quoi on doterait les grandes personnes. Le type du jardin pour grandes personnes, c'est le Palais-Royal. Ravagé par les jeux et le séjour des enfants, il comporte peu d'attraits pour ceux-ci. Point de sable ni de gravier, la terre battue la plus ingrate, un sol interdit à l'arrosage – seules les plates-bandes et les pelouses ont le droit d'être abreuvées, et le jardinier les soigne avec amour –, notre « cour » n'est lentement et séculairement imprégnée que des pluies, de l'urine canine et des déjections humaines, disons enfantines pour atténuer un peu.

Tout m'est spectacle ici, et surtout les enfants. Beaucoup sont charmants, la plupart sont d'une frappante agilité. Des corps grêles courent plus vite que des corps robustes. Leur adresse à lancer, à recevoir la balle me retient comme à un divertissement sportif. A ma fenêtre, hier dimanche, je ne me lassais pas d'un bébé-fille, quatre ans bien tassés, qui dans le silence dominical prenait sa récréation avec deux hommes de sa famille, père et oncle sans doute. L'arrêt de la balle avec le pied, le jet roide – et ambidextre – de la balle, une manière de choir, cuisses et bras nus, sur le sol dur, et de ne pas se plaindre, ce bébé dressé à un sport valait toute l'attention que je lui donnais. Mais je voyais bien qu'elle était une exception, comme eût été un enfant de théâtre ou de cirque, tellement que, lorsqu'elle en reçut l'ordre, elle s'assit au vent et au soleil et se tint tranquille comme un athlète. Comme un athlète elle était un peu replète, mais de belle couleur, enlaidie par les deux brins de nattes tressées de chaque côté de l'oreille, noués d'un bout de ruban. Une exception agréable, formée par la discipline et la confiance. La majorité de nos enfants du Palais-Royal ne peut ni envier ni comprendre qu'en la quatrième année de son existence une sorte d'orgueil quasi professionnel anime ou modère une si petite fille.

Tous les spectacles sous ma fenêtre ne sont pas aussi agréables. Dans mon quadrangle magnifique bout une petite humanité fraîche, intolérante, intolérable, qui depuis la guerre repousse tout frein et tout guide. Vite, mais inégalement, en accommodant leur course à l'imperfection des chaussures qui ne sont plus jamais faites pour les dimensions de leurs pieds, nos enfants boitent comme boiteraient des sylphes. Férus, dès l'âge tendre, de toutes les compétitions, ils les exploitent en névropathes-nés, avec une merveilleuse absence de sang-froid : ce sont des enfants de Paris.

Nous n'avons guère, dans notre royale enceinte, plus de confort et d'hygiène que n'en avait Versailles sous le Grand Roi. A part le luxe de Véfour et les commodités du théâtre voisin, il n'y a point de *buen-retiro* en vue. *La Civette* a détruit, au profit du tabac, d'anciennes stalles d'acajou, que des dames âgées entretenaient avec soin. Mais qu'importe aux enfants, hôtes impérieux du Jardin ? Quand point l'angoisse, la petite culotte tombe, la petite jupe se trousse et... Il y a plus simple encore. De sa voiture, le tout bébé lance un cri d'alarme : sans se lever, de son fauteuil de fer, relique invincible de temps très anciens, la maman ou la gardienne l'empoigne, le suspend comme une passoire à filtrer liquide et solide... Hier, droit sous ma fenêtre, au long du trottoir, neuf empreintes humides attestaient qu'entre les chaises neuf enfants avaient, l'après-midi, séjourné, dormi, goûté et... expulsé. Ah ! quel fâcheux encens monte dans l'air du soir...

La guerre, puis l'après-guerre forma nos enfants aux us de la jungle. Il y a peu de jours que je vis s'approcher deux grands garçons, douze ans environ. Au premier arbre de la charmille, côté Valois, ils s'arrêtent. Ils vont compisser, me dis-je – nous y sommes habitués –, l'un de ces arbres débiles qui n'arrivent pas à mourir ? Non. Ils baissent leurs déjà virils pantalons et déposent ensemble des traces copieuses de leur halte. Pendant l'opération, ils causent, amicalement, sans arrogance comme sans honte. Ils sont aussi loin de la pudeur que de l'impudeur. Mais comme il fait encore grand jour, les passants, eux, se détournent.

La nuisance chez l'enfant est instinctive et terriblement ingénieuse. Sa soif de destruction – c'est-à-dire d'invention – se satisfait où elle peut. Le retour du printemps voit les fleurs roses des marronniers émiettées à coups de pierre, et ramène les affûteurs d'ardoises qui savent trancher à la volée, sous le plafond des arcades, le point d'attache des nids peuplés...

En face de l'enfance d'aujourd'hui se tient une génération de parents découragés. Il me serait aisé de couvrir ces pages des anecdotes qui flétrissent l'enfant commerçant, l'écolier gangster, le garçonnet de grand et illicite rapport, bref l'enfant à qui l'enfance fait défaut. Pour reprendre un mot de Labiche : peut-être qu'elle lui viendra avec l'âge ?...

Mais je n'ai pas le cœur à les maudire, mes vivaces passereaux ivres de cris, mes petits cobras à sifflets, mes artilleurs à amorces, trompettophiles et crécelliphores, encore que je n'aie perdu ni la mémoire ni les bénéfices d'une éducation familiale qui enseignait surtout le silence. Je ne peux pas les vitupérer tout le temps, parce que je les contemple et que de les contempler je les fais miens. Je ne les revendique pas au nom d'une pseudo-maternité qui ne me fut jamais facile, mais du haut de ma fenêtre je reconnais en eux ma veine, ma race, mon passé, mon défaut amendé par le temps, aggravé par l'âge. Idéale avidité ! Ce mauvais enfant est secrètement mien, comme est mien l'animal avec qui j'échange le signe, comme est mienne une des fleurs du parterre parce que je suis peut-être la seule à savoir son nom : pentstémon. Ce nom étrange, communiqué à une autre citoyenne du Palais-Royal, me valut un haussement d'épaules et cette réplique : « Vous me faites rire. Un nom pareil... ça se saurait. » J'eus envie de le lui reprendre : « Vous n'en voulez pas ? Rendez-le moi. Je ne le partagerai qu'avec Monsieur Henri, le jardinier amoureux de ses parterres. » Et l'ayant classé parmi les objets de ma possession idéale, avec mes pouliches, mes nouveau-nés frais pondus, mes merveilles nourries de fantasmagorie modeste, j'en userai avec le pentstémon comme Théophile Gautier avec la fleur imaginaire de l'angsoka.

Beaujolais, 1946.

CET été furieux, interminable, renaissant de ses flammes, cet été qui ne ressemble à aucun été, qui rendit la Normandie pareille à une Ardèche incendiée, la Bourgogne à un désert d'alfa, qui montra le fond sec de tous les torrents, la vase des étangs où mouraient les grenouilles et pâmaient les poissons –, cet affreux été responsable de tant de nos indigences, c'est maintenant qu'au terme des nuits froides il commence à faire bon penser à lui. Non pour lui pardonner, il est inexcusable. Sa sauvagerie dès l'aube... La soif des animaux, la faim des herbivores... L'homme qui versait l'eau d'un petit arrosoir sur un champ de choux, un des grands champs qui les bonnes années sont l'honneur de la banlieue, un homme tout seul parmi dix mille choux en train de jaunir. Et la vache qui avait, en tirant brin à brin sur les chaumes, mangé douze kilos de terre, et qui en est morte... Et...

Non, je ne pourrai jamais forger des souvenirs aimables à l'aide de telles images. Elles noircissent, elles calcinent mon procédé favori de rêverie et de plaisir. Quarante et un degrés rue de Beaujolais, dès midi, et trente-sept à deux heures du matin : comme ça paraît loin, quand par ma fenêtre haute, entrouverte, l'air de décembre s'avance vertical, blanchi de grésil fin qui nimbe, un court moment, mon fanal bleu de la nuit et du jour. Quelques secondes suffisent à installer le froid dans ma chambre. Vite! jetons-nous, sans bouger, jetons-nous dans ce que l'été nous consentit de moins âpre, d'inépuisé, vers ce qui mouille la bouche, teint la main et la robe, tient lieu de source et de rosée; jetons-nous vers la récompense, imprévue et bien réelle que je reçus au centre du féroce été : la vendange sur les coteaux de Brouilly.

Le pire, pour une arthritique de ma sorte, n'est certes pas le déplacement, s'il s'opère en automobile. Le pire, c'est dix pas dans l'appartement, c'est cinq mètres au bord du jardin, c'est la nuit rompue par les franches et soudaines et mordantes douleurs, et le geste étourdi, jeune, vif, qui prétend ramasser la canne, atteindre le livre –, ô jeunesse invétérée, agilité devenue purement mentale, et châtiée dès qu'elle tire sur sa laisse; escaliers, descendus dans l'humiliation et la ruse : ne m'arrêté-je pas en croisant un inconnu, ne feins-je pas, immobile, de chausser un gant, de fouiller mon sac? L'inconnu franchi, je ris de moi et de mes vieilles petitesses...

Mais mettez-moi dans une voiture, coussin de-ci, coussin de-là, et roulez! Vous n'entendrez plus parler de moi pendant un bon ruban de kilomètres. Autrefois, c'était la Chatte qui décidait, d'un bâillement d'appétit, d'une inquiétude de sa vessie, que nous arrêtions notre arche. Elle mangeait très peu en voyage, craignait le mal de mer... Une bouchée à Saulieu, une lapée à Vienne, entre-temps une herbe rafraîchissante. Mes exigences sont moins discrètes que ne furent les siennes. Avec elle, nous n'avions pas achevé la collation au bord d'un bois, qu'elle demandait à regagner « sa » voiture, pour mettre en ordre sa toison, bleue comme un orage d'ouest.

Je disais donc –, je me disais, je m'écrivais donc qu'une décision suprême, émanée de mon meilleur ami, m'embarqua comme faire se pouvait par une aube qui sentait l'incendie, l'asphalte fondant et le ruisseau altéré, et notre trajet visa les coteaux du Rhône. Leurs petits raisins, serrés, sont moins décoratifs que le picardan opulent de la Provence, qui traîne sous les ceps des appas de six livres, et tient aux lézards le ventre frais.

Que pouvais-je réclamer de la vendange beaujolaise? La torride chaleur invariable, mon impotence, tout devait me séparer d'une aussi rude fête. Je me serais contentée du son dont elle couvrait les collines, des chars grinçants sur la petite route au long de laquelle je dormais mon sommeil du matin. Les voix embrumées de fatigue matinale s'éveillaient au haut de la vigne voisine, descendaient, descendaient selon que montait le soleil. J'imaginais la récolte lente, les paniers pleins, la soif qui croit se satisfaire en mordant la grappe, et qui s'attise... Je refoulais le persistant été de l'autre côté des persiennes closes, du côté de l'astre, des mouches, des guêpes folles, des menthes poussiéreuses, du côté où l'on voyait luire un tesson miroitant de Saône, tombé au loin dans un vallon. Je patientais. J'écoutais les rossignols de muraille froisser les lierres au-dessus de la vasque et couper le fil de la source...

Mais j'eus mieux. L'amitié peut beaucoup. Une chaîne de bras me remit un jour dans l'auto, et j'abordai le Vin au secret d'une de ses chambres intimes, dont je pensais ne jamais passer le seuil.

Dans le sein frais de la colline il me reçut sans

que je misse pied à terre. C'est moi qui sur mon char faisais figure de conquérante. Les grandes portes rabattues, le Cru semblait retiré à même une grotte, et de son haut plafond il me jeta ensemble une chape glacée d'air immobile, la divine et boueuse odeur des raisins foulés, et le bourdonnement de leur ébullition. Cent mètres de voûtes s'étoilaient de lampes; les cuves rejetaient par-dessus leurs bords la bave rose en longs festons; un attelage de chevaux pommelés, bleuâtre dans la pénombre, mâchait nonchalamment des grappes tombées; l'âme du vin nouveau, lourde, à peine née, impure, se mariait à la vapeur des chevaux mouillés.

Une main d'homme brandit vers moi, au bout de son bras invisible, la tasse d'argent qui berçait, sur les stries et les bosses de la ciselure, une étincelle rouge : « Un quarante-quatre parfait, Madame. Mais revenez goûter le quarante-sept quand il en sera temps! Il n'aura rien à envier à celui-ci. »

Revenez... Comme revenir paraît probable, et facile, quand sous l'arc de la grotte qui barre le passage à la chaleur on tient entre les lèvres le bord froid de la tasse pleine...

Autour de moi on pensa que le grand vin, la caverne étoilée et l'ombre de la colline constituaient peut-être des antidotes, et nous prîmes à la nuit, un autre jour, une autre route, gravîmes un autre coteau. L'ombrage cette fois était d'une glycine agrippée aux quatre côtés d'une cour, issue d'un seul tronc, en python tors, qui montait énorme et se perdait dans son propre feuillage. La cour couverte, éclairée de phares, résonnait de voix, de roues, de pas lourd-chaussés, car les quarante vendangeurs du domaine descendaient à leur repas, escortés de leur gaillarde et vineuse odeur. J'aurais bien voulu les suivre... Notre collation froide, au rez-de-chaussée, fêta les jambons largement margés de lard, les saucissons qui fleuraient le harnais neuf, et certain fromage dit « fort » qui provoque la soif et ne la laisse pas s'éteindre.

A tout labeur tout honneur : en bas, quarante vendangeurs avaient la meilleure table, servie d'omelettes, de veau, de poules, de cochon, et arrosée de ce vin qui comme les plus beaux rubis garde claire, aux lumières, sa sanguine et franche couleur.

Si on ne la force ni ne la prolonge, c'est une fatigue assez douce que versent l'été, la nourriture sans reproche, un grand cru dans sa jeunesse, et la nuit, fût-elle sans rosée. Dans la cour, au départ, sous les phares tournants, la glycine énorme tordait ses spires vivantes.

Mais comme nous partîmes parmi les premiers, je pus ne goûter que des bruits fins, échappés au grand silence qui recouvrait peu à peu le coteau; – vols d'élytres heurtés aux lampadaires de l'entrée; fers d'un cheval dételé qui écrasent le chemin de traverse et surtout, délicieuse à entendre, invisible et révérée, la source, la fidèle, la dernière où pussent boire, cette année, mont haletant et vallon tari.

Alités, nous nous téléphonions, Fargue et moi. Pas très souvent, mais longuement. J'ai beaucoup aimé, j'aime toujours sa belle voix d'homme gras, une voix élastique, chargée de cette suffocation légère, de cette ombre que projette la bronchite chronique. Ma mémoire m'est témoin que nous n'échangions que des paroles affectueuses, frivoles, des nouvelles de notre travail ou de notre nonchalance, et naturellement des souvenirs.

Je fus toujours curieuse d'apprendre de lui sa manière de souffrir, son style de douleur physique. « Aujourd'hui ce sont des marteaux, hier c'étaient des mâchoires, une sorte de trituration », disait-il, et il me questionnait sur mes insomnies et mes sommeils, mais j'entendais bien qu'il me reprochait mon manque de romanesque. Tandis que dans sa bouche un choix de mots fastueux enrichissait son mal lui-même... Je mettrai du temps à parler de lui au passé.

Quand il m'admit à la cimaise de ses « Portraits de famille », j'eus lieu de lui manifester ma joie et ma gratitude. Le désir que j'avais de voir Fargue s'en accrut. Je voulais Fargue et en chair et en regard, Fargue traversant Lipp, Fargue errant dans la rue, de son pas mou et infatigable, et je voulus voir Fargue. Un jour de l'été dernier, comme je souffrais beaucoup moins que lui, on organisa mon transfert. En voiture d'abord, à travers le crépuscule, le beau temps, et la rue – la rue parisienne, royaume incontesté de Fargue, la rue d'or poudroyant, ses insultes et sa bonne grâce – un voyage au bout duquel je sentais Fargue m'attendre.

Rue du Montparnasse, on m'enfourna dans le monte-charge tout pailleté de charbon. L'ascension aboutissait à Fargue. Par coquetterie il était déjà attablé, ainsi je crus qu'il aurait pu, d'un moment à l'autre, se lever – qui sait ? me donner son bras pour me mener échouer à sa table...

Six convives en tout. Mais pour combien devrais-je compter Léon-Paul Fargue, assis comme Bouddha, disert et gai ? Il fut généreux, ce soir-là, au point de nous rassurer, Goudeket et moi. Je ne jure pas qu'il fit illusion à nos amis le docteur Marthe Lamy, le professeur Paulette Gauthier-Villars, à Chériane elle-même. Mais il mangea, gronda, rit en prince intolérant. Il se plaignit du bleu trop bleu de ses draps, nous dépeignit ce qu'il est seul à voir. Il parla au chat, avec tendresse, car le chat est aussi lustré, aussi beau et aussi noir que Chériane. En face de moi une grande et forte toile de Chériane tenait autant de place et de présence qu'un convive. A ma droite le bord de la fenêtre ouverte coupait les arbres au ras du tronc; l'amant de la rue logeait dans les platanes...

Je ne trouve rien à dire, de cette dernière soirée, qui soit plus digne, ni moins, d'être relaté, regretté, tendrement conservé dans nos mémoires amies. Aucun d'entre nous, même pas Fargue, n'y fut génial. Aucun d'entre nous n'y eut besoin ou envie d'applaudissement, de grandeur, d'exceptionnel étonnement. Mais je sais que les six convives n'en ont pas oublié un seul moment, et qu'amèrement certains de ne jamais pouvoir la recommencer nous nous sentons tous dénués, fidèles et malheureux.

Je n'ai rien vu au théâtre, depuis *La Folle de Chaillot*. Non que je n'en aie eu l'envie. Mais, comme dit Pauline, c'est « tout un aria » pour moi, que d'aborder une salle de théâtre ou de cinéma. L'impotence rend timide. Je ne veux pas dire qu'elle pousse à l'indulgence... Le jeûne ne ferme donc pas l'estomac à toute pitance? J'aurais cru que deux ou trois sens longtemps sevrés, la séduction plus facile de l'oreille, la joie et la surprise des yeux, feraient de moi un public rajeuni... Et me voilà tout aussi circonspecte qu'au temps de la critique dramatique... J'espérais m'étonner mieux.

Un choc agréable, et de premier abord : la salle, accablée d'or, de l'Athénée. Que c'est faux, que c'est aimable! Et des guirlandes, et des fruits, le tout d'or, tant seins que pommes, tant poires que festons et cuisses! Une vraie salle de théâtre, une salle de vrai théâtre, où se jouent Bérard et ses rouges, Bérard et ses bleus que conforte un long noir mat, cousu de jayet, sur Jouvet, un noir long comme Jouvet, un noir de point d'exclamation...

J'ai commis l'honnête imprudence de relire *Le Festin de pierre* hier soir. D'où une gêne considérable à écouter la pièce. Comme si j'entendais une œuvre musicale avec la partition ouverte sur mes genoux. Pourtant je puis jouir sans réserve de mon droit de n'avoir pas d'opinion. S'il fallait que je me fisse un jugement de don Juan d'après un homme qui « lève », en trois mots et trois ronds de jambes, deux petites rustaudes, j'aurais bien du mal à réformer mon don Juan personnel, sombre, obstiné – j'allais écrire abstinent –, paré de cette misogynie foncière qui plaît tant aux femmes...

Ce n'est pas la première fois que don Juan me tente. J'ai eu affaire à lui dans *Le Pur et l'Impur*, pas bien longuement, ni profondément. J'avais oublié Molière, et que celui-ci, sur don Juan, en sait encore moins que moi, puisqu'il ne lui suffit pas que son héros pèche contre l'amour. C'est qu'à l'époque on n'en était pas à une trahison amoureuse près.

Tantôt bâclée, tantôt gourmée, dure à l'hérétique et poussant le séducteur à insulter la religion non moins que l'autorité paternelle, la pièce va, et je dirais que nous l'aidons, oreilles tendues – sans me flatter, je suis un des meilleurs publics que je sache –, enrichie qu'elle est de trouvailles mimiques trop ingénieuses. Mais qu'il fait bon en ce lieu ! Comme il est favorable à toute irréalité ! Le rouge et l'or croulent sur les balcons, les moulures, les plafonds. A portée de mon avant-scène paradent des acteurs que je toucherais de la main; aucun n'est parfait, aucun ne saurait être indifférent. Deux ou trois d'entre eux me jettent le bonjour clandestin, le salut de la prunelle qui perce un moment leur mensonge...

Au-dehors bat la pluie de Paris, qu'il me faut traverser pour regagner mon refuge où il ne pleut ni ne vente. Un bras solide va me donner son secours qui ne défaut point. Au sein de la foule, je me plierai de nouveau à la timidité qui châtie les infirmes, car ils craignent par-dessus tout la pitié sincère et l'obligeance. L'espace d'un trottoir, le temps de monter en voiture, je serai trempée comme tout le monde, réjouie d'être allée au théâtre comme tout le monde un dimanche en matinée, pourvue d'images vives, occupée, le reste du jour, de ce qui ne me concerne en rien mais s'attache à moi, de ce qui est l'effort d'autrui, l'art d'autrui et, plus aimée encore, mieux comprise encore que sa réussite, l'intelligente erreur d'autrui.

*

Si présents, si vigoureusement en relief tous trois, si dissemblables, si volumineux sans être encombrants, ils envahirent ma chambre qui est loin d'être vaste, l'un s'assit à la poupe de mon radeau, et les deux autres comme ils pouvaient.

Ils entrèrent blasonnés chacun de leurs caractères les plus évidents. Yvonne de Bray et sa hauteur cordiale; Jean Marais dit Jeannot, sa huppe, son visage désordonné et irréprochable; et la jeune femme qui, moyennant qu'on lui mît nu le visage, de l'oreille au bout du nez, du menton au front, qu'on lui effaçât le moindre pli de sa joue, qu'on la lissât comme une jarre encore humide, devint soudain assez belle pour jouer la Belle... Dieux! j'oubliais le chien, le chien Moulouk qui s'est voué à un seul, à Jean Marais... Mais je n'eus guère, le temps que dura notre réunion, à me souvenir de lui; il s'évanouit dans l'ombre de Jean, se résorba en Jean, se changea en pied de fauteuil, en petit tapis persan, et il ne fut plus question de Moulouk jusqu'au moment du départ, sauf qu'auparavant il passa, de sa propre initiative, dans ma salle de bains.

– Qu'est-ce que tu cherches? lui demanda Jean Marais à la cantonade.

– Un bidet, pour boire, répondit le chien.

– A gauche, lui dis-je, derrière la baignoire. Le robinet fuit, il y a toujours assez d'eau dans la cuvette pour que tu boives.

– Bon, dit Moulouk. Je trouverai bien, je ne suis ni sourd ni aveugle. Plock, plock, plock, plock... La preuve.

Il rouvrit le rideau du bout de son museau humide et se recoucha comme un sac de noix, en soupirant, car il entendait au diapason de nos voix que la visite ne finirait pas encore, et que personne ne proférait le mot fatidique. En effet, nous étions vifs et distraits et nous disions ceci et cela, même nous répétions – ils répétaient – des scènes de *Chéri*, pour la radio. J'étais donc bien tranquille à les regarder en ne les écoutant que de surcroît. Une des trois voix m'était la plus proche, celle d'Yvonne de Bray. Blessée de temps à autre, sa voix arborait çà et là une touche plus appuyée, une insistance de graveur sur sa planche. Une sorte de modestie outrait la simplicité de l'interprète; elle imposait au drame l'accent de la conversation familière, et son sanglot se brisait comme un éclat de rire. Des inflexions que je n'attendais pas, que je n'avais pas indiquées, mettaient le texte à la portée de l'auditoire sans yeux... Une actrice d'une si grande valeur – et d'un si total désintéressement – devrait pouvoir jouer tous les rôles...

En détournant d'Yvonne mon attention, je suivais « Jeannot » qui réduisait, aux dimensions de Chéri, sa grande stature, ses grands bras, ses grandes jambes entraînées à serrer les flancs des coursiers de cinéma.

Jean Marais, jouer Chéri? Pourquoi non? Dans la pensée de son auteur, Chéri n'eut jamais de traits communs avec un pâle Lorenzaccio. Et c'est un jeu pour un acteur-né, un jeu tentant, que cette contractilité qui accorde au malingre de se faire robuste, au costaud d'entrer dans la peau du gringalet. Le plus difficile pour Jean Marais, s'il joue Chéri, ce sera d'abdiquer passagèrement sa foncière pureté. A la rigueur il peut s'enlaidir – encore la majesté désespérée de la « Bête » ne pouvait-elle passer pour laideur –, mais par où Jean Marais abordera-t-il la ruse, une doucereuse insolence, l'aptitude au mensonge, la joie éhontée de défaillir, de se reprendre pour défaillir encore? Je rêve, en l'écoutant, de le voir à la scène. Déjà, à l'entendre, est-ce que je n'imagine pas que c'est sa pureté qui étrangle, comme une pépite, sa grande voix sauvage? Nous verrons bien. Rien ne presse. Pour le moment mes trois interprètes sont là, près de mon flanc alité, ils jouent, non mon texte, mais avec mon texte. Ils sont gais comme sont les êtres dont la vie a un but, une chimère, une lumière, compte sur des incarnations successives. Ils ont assez de talent pour abandonner souvent une surveillance d'eux-mêmes qui entrave l'artiste médiocre. « Nounoune chérie! Nounoune chérie!... » bégaie Jean Marais. Personne ne lui a demandé, pour la radio, un jeu de scène, pourtant il s'écroule dans les bras d'Yvonne de Bray, qui soudain sont assez forts pour soutenir, bercer ce poids d'athlète. « Mon méchant... Ma beauté... Te voilà... Te voilà... » Jeannot s'est enroué du sanglot nécessaire; les yeux d'Yvonne de Bray ont versé sur lui l'azur et la larme. Tout cela pour moi, auditeur unique? Je ne m'y trompe pas; tout cela pour eux-mêmes, en dépit d'eux-mêmes, pour l'honneur.

Naturellement j'en ai un aussi, comme vous, comme tout le monde, mais si je ne le disais pas, personne n'en saurait rien, tant je l'emploie discrètement. En ce moment, il est en train de me murmurer un grand air de Violetta, l'héroïne de *La Traviata.*

Pour laisser tout l'honneur au soprano, l'accompagnement se réduit à un petit poum, poum, poum – poum, poum, poum, à trois temps. La cantatrice en profite pour remplir son devoir de soprano, mais elle ne me gêne pas, j'ai mis le holà, et le son de mon minuscule appareil américain, d'une capacité apparente avoisinant un décimètre cube, ne franchit pas la porte fermée de ma chambre.

Il faut ce qu'il faut. J'ai passé par le phono, l'armoire à disques. Puis j'ai donné les disques, qui proliféraient, et je n'ai gardé que « l'air de la Chatte », une mélodie américaine à laquelle en effet souriait la Chatte inoubliable. Puis j'ai perdu la Chatte, d'âge et de mauvaise maladie, pulvérisé le disque, préféré le silence, préféré surtout les dons de ceux qui, miséricordieusement riches et généreux, s'asseyaient à notre piano « menuet » : Poulenc avec « Jeanne Hou-Hou » et *Les Animaux modèles,* Jean-Michel Damase et sa voix qui mue dans notre *Rouge-gorge,* et notre *Perle égarée...*

Après quoi nous vendîmes le piano pour acheter une armoire-bibliothèque... Un jour faste, mon meilleur ami m'apporta le plus petit – mais n'y en aura-t-il pas toujours un plus petit que le plus petit ? – poste américain, qui chantait sans ficelle en montant mon escalier. Nous l'assîmes sur mon lit-divan où il se mit à dégoiser justement *L'Enfant et les sortilèges* : « Tu ne m'as laissé, comme un rayon de lune, qu'un cheveu d'or sur mon épaule... » Depuis, nous faisons, lui et moi, bon ménage. Je modère sa grande voix de nain, sa ventriloquie qui imite tantôt Trénet et tantôt Beethoven, et je lui passe pas mal de grandes vertus en faveur de ses petits défauts.

Je date de trop loin pour perdre jamais tout à fait, devant la radio, le souvenir et la sensation du miracle. Bon pour les jeunes et pour les enfants, de tutoyer, d'antipode à antipode, le prodige sonore. En quelle année abolie m'en allai-je, conviée par le général Ferrier, dans une salle où régnait du sol au plafond un vaste cadre probablement hexagone, limité par des fils de soie verte? Si je ne me trompe, il virait verticalement sur l'une de ses faces, émettant des sons confus auxquels le général Ferrier, grand maître de ce qui naissait à peine et étonnait déjà l'univers, assignait des origines variées.

Soudain, entre les six côtés de la harpe, entre les longues portées de soie verte, un chant se fit jour, lointain et limpide et duquel un seul oiseau pouvait sembler responsable. Mais quelqu'un dit : « C'est Constantinople. » De quoi personne n'osa se montrer surpris, l'urgence et notre neuve émotion voulant avant tout qu'entendu de Paris un rossignol fût oriental, oriental au même titre que le tapis est volant, cornue la lune, et d'argent, au-dessous d'elle, le Bosphore.

« Le village où nous vivons, avec ses bois, sa sapinière noire, c'est le village où j'enseigne, aux enfants de douze et de treize ans, que votre mère, Madame, goûtait avant l'aube aux fruits défendus de sa vie ménagère. Je leur enseigne à connaître, c'est-à-dire à aimer. Si jamais, au cours de votre existence, aucune vassalité ne vous a liée à quelque suzerain... »

Je m'arrête, pour ne pas citer la lettre entière, et parce que la lettre ne regarde que moi, que son auteur et sa mission auprès de l'enfance. Une phrase ne suffit-elle pas à faire pressentir l'art de bien dire? Comme nous écrivons joliment, nous autres Français obscurs, quand nous nous y mettons. Je dis « nous », tant je suis fière d'appartenir de par le pays, l'amour de la bonne façon écrite, à la même race que mon inconnu. Lui, il est instituteur de village. Heureux village! Surtout heureux enfants, qui peuvent se vouer, en confiance, à un tel guide. J'hésite à écrire : « heureux instituteur », à moins qu'une particulière sainteté ne soulève, au-dessus d'un sort très dur, sa solitude et sa fierté. Il m'a écrit, cet homme, dans sa langue dont il entretient, lecteur passionné autant que contemplateur, le cristal; il m'a écrit, et il s'étonne que je lui réponde. Les enfants de son école aussi m'ont écrit. Avec des crayons de couleur l'un dessine une maison, et l'autre une fleur, un troisième, ayant dessiné un logis, m'explique « ce qu'on ne voit pas » derrière la maison. Mais je n'ai pas de peine à comprendre qu'il voit, lui, le jardin, deux sapins, une pelouse... A douze ans, on trouve encore aisé de percer les murailles.

Il n'est pas le seul à m'écrire, le valeureux instituteur. J'ai aussi des institutrices, les unes amoureuses du geste d'écrire, les autres riches d'inventions, de jeux, de travaux ingénieux, adroites à faire jaillir, d'un enfant fermé, le mot, le rire qui sont autant d'aveux, autant de conquêtes... Quand elles réussissent, à qui vont-elles le dire ? A moi. Vous pouvez croire que je suis, pour un jour au moins, pleine d'orgueil.

Madame Wattine m'envoie un colis de cornuelles. En bon français, il faudrait dire : macres. Mais cornuelles est plus cornu, et poyaudin. Elles sont si peu connues, si négligées, de si courte saison, si peu consommées, sauf autour des étangs, que j'ai envie de parler d'elles. Pour les manger, ma gourmandise est aussi vive qu'autrefois. J'ai usé, à les ouvrir, le bord d'une marche de pierre dans ma maison natale. Car cet étrange fruit de l'eau, de la vase et de l'automne, et ses quatre cornes défensives sont, à la maturité, d'un bois très dur, d'une forme que Fix-Masseau décrétait « chinoise » et il réclame, premièrement pour ne s'y point blesser, secondement pour ne rien perdre de son amande farineuse, un tour de main exercé, un bon couteau trapu, et une marche d'escalier en pierre. Moyennant quoi vous ne vous en tirez pas sans vous tacher d'un brou bleu-noir, un ou deux doigts meurtris et peut-être une crise de fièvre des marais, si vous mangez d'affilée quelque quatre cents cornuelles, comme je faisais, comme je suis encore capable de faire.

– Et… c'est bon ? me demandent des amis fortement teintés d'incrédulité et de circonspection.

Alors je deviens rêveuse, sentimentale et un peu sotte, c'est-à-dire tout à fait pareille à un petit moi-même d'autrefois, et je réponds :

– Je ne sais pas. Moi, j'aime bien ça…

Non, je ne sais pas à quoi comparer la saveur des châtaignes d'eau,

Châtaignes piquantes et chatouillantes,
Qui chatouillent la cuisse
Et qui piquent la poche,

psalmodiait l'unique vendeur de cornuelles dans les rues de Saint-Sauveur, son sac sur l'épaule. Quatre sous le cent, et il donnait les quatre au cent…

La macre ou châtaigne d'eau, pulpe blanc bleu, à consistance de bougie, amande qui comme sa bogue s'écarte de toute forme amandine ou sphérique, n'a pas goût ni figure de châtaigne. Même cuite, elle se réclame de l'étang natal, des vases mères. Sa longue tige tubulaire – la souche végète aux profondeurs – les traverse, atteint la surface et y dissémine ses charmantes fleurs blanches, son feuillage plat, puis son fruit vert, terne, tôt cornu. Si vous ne le récoltez à temps, il se détache spontanément de son tube, et retourne aux fonds obscurs, au voisinage de la petite tanche dont il garde, je m'en avise, un peu le goût. L'an prochain, ce sera son tour de germer, de diriger l'ascension, au bout d'un tube souple, de la fleur blanche et de ses feuilles lisses.

Sur mes étangs, çà et là un vieux bachot qui prend l'eau recueille, en septembre-octobre, la cornuelle. Ou bien un homme, presque toujours un homme âgé, vêtu d'un reste de culotte effilochée, secoue ses sabots sur la rive, et s'avance, jusqu'au poitrail, dans l'eau qui semble toujours perfide, tant elle est sourceuse, frémissante à petites ondes, rayée de tiède et de froid, et habitée, ne fût-ce que par ces grasses herbes d'eau qui ondulent et se dérobent à la main.

Odeur des joncs riverains, de l'eau remuée et de la menthe grise, saveur douteuse et séductrice de la cornuelle, ce n'est pas cette année encore que vous échappez à qui sait vous enclore dans une chambre de Paris – en l'espèce un écrivain peu à peu maîtrisé par son mal, mais secouru chaque jour par la fidèle mémoire de son cerveau et celle de ses vieux sens subtils.

En attendant que je ne bouge plus, je ne bouge guère.

Je me berce sur mon ancre, sous le fanal bleu, qui n'est rien d'autre qu'une forte lampe commerciale au bout de son long X extensible, bleue et juponnée de papier bleu. Immobile, elle a pourtant soufflé, à mon voisinage, le nom dont il l'a baptisée, le nom d'une lumière qui sillonne les mers. « Votre fanal, Madame Colette, vous n'imaginez pas comme il était joli hier dans le brouillard... Ah ! vous pouvez dire que vous ne l'économisez pas, votre fanal bleu ! A toute heure, au petit matin, huit heures, quelquefois sept heures et demie... »

Je ne peux rien leur cacher, même pas le moment, matinal en effet, où la lueur du fanal bleuit la cafetière brune et le pot à lait blanc. Je fais de moins en moins la différence entre les heures de nuit et les heures de jour, l'heure de lire, d'écrire, de regarder, toutes sont bonnes... L'heure de conjecturer, de me remémorer... Bientôt, je confondrai, enfin, l'heure de travailler et l'heure de conjecturer. Me demander ce que peut bien faire Gide, mon tentant Gide, jamais assez vu, assez lu, et l'agitation d'une folle entreprise me seront un seul et même souci. L'esprit de folle entreprise, c'est l'envie de copier, par exemple, le joli tapis que Jean Cocteau a acheté pour sa campagne... Soudain, il me le faut, il me le faut... Mais le tapis est à Milly... Il me le faut, soudain il me le faut, je l'appelle par le téléphone : un chœur me répond; mes voisins de Montpensier s'alarment, Jean Cocteau est requis par l'étranger, Jean Marais tourne dans un studio... Qu'à cela ne tienne, on enverra à Milly Paul-de-la-librairie (c'est plus facile à dire que Paul Morihien), on enverra un avion, on enverra l'empereur des Indes...

Alors j'ai supplié qu'on ne dérange personne, affirmé que rien ne presse. Trop tard : de Montpensier à Beaujolais les engrenages s'étaient émus en ma faveur. Et soudain Jean Marais surgit, haut à toucher le plafond, la chevelure orange, non, clair-de-lune, non, auburn... Qu'est-ce qu'il traîne derrière lui, pendu à son épaule? On dirait une sorte de long trémail...

– Tu viens de la pêche, Jeannot? Sardine? Hareng nouveau?

– Mais non, c'est *le* tapis! Personne n'avait le temps d'aller à Milly, Jean est quelque part dans le ciel entre Paris et New York, Paul-de-la-librairie échafaude une exposition de livres, alors j'ai fait un saut jusque-là...

Un saut de cent vingt kilomètres, aller et retour. Il a eu vite fait, avec ses bottes de sept lieues. Son imperméable argenté, son écharpe en cachemire bleu turquoise, ses cheveux debout sur sa tête, la langue battante du chien Moulouk, tout cela respire l'empressement mis au service d'une urgence indiscutable. Comment avouer à Jean Marais que si personne n'était allé à Milly ça n'aurait eu aucune importance? Ce qui retentit uniquement dans ma petite chambre c'est cette hâte, ce son, que j'imagine, de galop sur une route, le tapis kidnappé, mon étage gravi comme un escalier de couvent livré aux mousquetaires... Jean Marais, Jean Marais, héros des films et des drames, comme ta légende te va bien, et comme tu es à sa mesure... Je me racontai ce jour-là que je t'avais vu dans ton rôle de *La Maison du pêcheur*, et que sur tes pas traînait le filet, cheminait l'odeur de l'algue, étincelait l'écaille minuscule et nacrée des équilles...

Il faut bien que j'invente de temps en temps le cinéma, je vois un film par an, ou deux. Ce n'est pas suffisant. C'est assez pour que, le temps de me réhabituer au rythme, au noir et au blanc de l'écran, je m'étonne de ce qui demeure de rudimentaire, de majestueuse et inadmissible naïveté dans l'image et l'invention cinématographiques. A m'écarter de l'écran pendant de longues périodes, j'ai envie en le revoyant de lui dire : « Comment, tu n'en es que là? Qu'as-tu fait pendant mon absence? » Et puis je me laisse reprendre. C'est si difficile de ne pas admirer. J'oublie que nous serions en droit d'exiger la couleur, le relief, et finalement je sors contente de ce que m'a laissé la friction humaine, le voyage aux antipodes, ma propre curiosité. Contente de sortir, contente de rentrer, comme était la jument aubère.

On (la Radiodiffusion) nous demandait ce jour-là, à Jean Cocteau et à moi, d'enregistrer « comme vous voulez » un bout de conversation et « justement » la voiture était en bas, et « justement » Jean était chez moi, assis à la poupe de mon radeau de travail, la joue verdie sous mon fanal bleu.

Tant de coïncidences heureuses ne nous empêchèrent pas, Jean et moi, d'échanger un regard. Je surpris dans l'œil bien coupé de Jean une appréhension qu'il dut rencontrer dans le mien. Il s'agissait d'improvisation, et j'improvise mal. Et je ne me familiarise pas avec cette campanule, cette poire, ce concombre, ce... machin, que déjà nous tendait une main insidieuse. J'ai fréquenté trop tardivement le micro, ses agrès qui escaladent les fenêtres, traversent la cuisine, étranglent un guéridon au passage et se lovent près de mon corps alité.

– Tandis que toi, Jean...

– Moi ? J'ai une sainte frousse de ce truc. Et puis je dors debout. J'ai travaillé depuis hier midi jusqu'à aujourd'hui une heure. Et puis j'ai mal déjeuné. J'aime mieux parler pour mille visages et mille paires d'oreilles que dans ce... cette courge. Enfin... On y va ?

– On y va.

– Commence, toi. Qu'est-ce qu'on va dire ?

– Ce qu'on veut, propose le jeune préposé aux lianes.

– Mais je ne veux rien. Commence, toi. Si nous faisions semblant de nous promener dans le Jardin?

– Sur mes jambes invalides? Tu me fais rire.

Je ne riais pas. Jean Cocteau non plus. Il ferma les yeux, se voila le visage de ses longues belles mains, et démarra courageusement. J'admirai sa diction, ses ralentis opportuns, le ton varié d'un orateur musicien. Je répliquai de mon mieux... Mon mieux n'était pas très bien. Pourtant le jeune homme à la campanule nous donna du « parfait! », roula ses ficelles, se détacha de son calice et s'en alla. Et je ramenai à moi ma table-banquette, du bout crochu de ma canne-harpon. Jean avait le dessous des yeux meurtri d'émotion, et je retirai vite, de sa main, ma main qui était encore glacée. Nous avions hâte de dissimuler notre crise de timidité radiophonique. La mienne est, je pense, la pire, parce qu'elle prévoit toutes les autres. Elle m'annonce le *vox faucibus hæsit,* le « grain de poudre » sur une amygdale, la contrepetterie involontaire. Elle gémit en vain contre la trahison majeure, car enfin, voyons, je n'ai jamais eu cette grosse voix caverneuse, je n'ai jamais arrrticulé d'une manière aussi bourrrguignonne... On m'assure que je me trompe, et que je suis bien « ressemblante... ». Je ne discuterai pas.

Jean Cocteau entre, et je regarde, étonnée, l'heure à ma montre cardiaque : onze heures et demie... du matin? Si c'était du soir, je n'aurais pas lieu de m'étonner. Aussi me répond-il avant que je ne questionne.

– Oui... Figure-toi que mes machinistes, mes

électriciens, mes menuisiers du studio viennent de m'informer qu'ils sont en grève.

Il insinue sa longue personne sur la poupe de mon radeau, plie ses jambes, ses bras, pelotonne son torse, en vue d'intégrer le tout à mon rayon de soleil qui marque bientôt midi.

– Alors ?

– Alors rien. J'ai quitté le studio.

– Vacances ! Repose-toi. C'est toujours ça.

Son nez me regarde de côté avec perplexité.

– Justement non, ce n'est plus ça. J'ai follement travaillé depuis quelques années. La nuit, le jour, le dimanche. Sur le plateau, sur la table du restaurant, sur l'herbe à la campagne, sur le papier. Autrefois c'était le travail qui, me tombant dessus, me laissait pour mort. A présent, je ne sais plus m'arrêter de travailler, si ma pause n'est pas prévue de très loin. On m'ôte encore une fois mon poison. J'ai mal dans mes jointures. Il est midi moins le quart. Je n'ai pas encore faim. Je n'ai plus faim. Qu'est-ce qu'on fait, à midi moins le quart, quand on ne travaille pas ? J'ai oublié.

– Reste chez moi.

– Je ne peux pas. On ne reste pas chez toi à midi moins le quart.

– Où veux-tu aller ?

– Justement, je ne sais pas. Je vais essayer d'aller chez moi...

Au ton dont il le dit, il semble courir une grande aventure.

Il se déplie. Sa grâce anguleuse ne froisse rien, ne déplace rien sur la couche encombrée, ne heurte aucun des obstacles dans la chambre étroite. Il s'en va. A la porte il se retourne :

– Regarde-moi passer dans le jardin : je suis sûr que je vais marcher de travers.

*

J'entendis, le vent s'y prêtant, les cloches de la messe à minuit; puis j'écoutai à la radio la messe de J.-S. Bach. Pauline avait préféré Saint-Eustache, d'où elle revint déçue : « On se foulait, et il faisait froid. Et ce n'était pas assez les Halles. Pour moi, la messe de minuit, il faut que ce soit bien les Halles. » Sur ces paroles sibyllines, elle s'en alla réveillonner de fromage d'Auvergne et de champagne. Je n'aurais pas fait un choix meilleur, si j'avais eu faim. Mais l'appétit n'y était pas, pas plus d'ailleurs qu'à mes anciens réveillons d'avant-guerre. Hommes en frac, femmes en robe basse, combien d'anciens minuits nous ont groupés dans un grand restaurant, avec de grands rédacteurs en chef, de grands industriels – jusqu'aux députés et ministres qui se disaient grands...

Nous avions aussi les réveillons chez Madame Hessèle, avec les grands peintres : Vuillard, Dunoyer de Segonzac, Luc-Albert Moreau... C'était déjà mieux, un peu sévère au début, à cause de l'autorité militaire de Madame Hessèle en robe et cheveux blancs. Elle nous eût rappelé Mme Aubernon, si Mme Aubernon n'avait été déjà si loin de nous. Mais que de bons peintres proclamaient leur humeur de se réjouir!...

Ailleurs, dans d'autres salons, je me souviens du mobilier qu'on déménageait, emménageait, pour laisser les tables aux huîtres, à la dinde, au foie gras. La première vague de champagne était brutale, trop froide, la seconde déjà tiède... Trop clair, le consommé en tasses, trop foncé, le caviar...

Dans les restaurants, les petites boules de coton multicolores, garants de la plus franche gaieté, pleuvaient dès le potage, dans le potage... Oh! je ne manque pas de réveillons plus aimables! Mais ce soir ils dorment, et moi je gis.

Le tour du quartier, en voiture. A part les boucheries, à part le papier d'étain et les pommes, je cherche en vain l'opulence ancienne du premier arrondissement. Je retrouve, j'apprécie encore le chic que ces messieurs de la boucherie mettent à parer la viande. Un boucher coupant, tranchant, élaguant, façonnant, ficelant, vaut un danseur, un mime. Boucher de Paris, s'entend. La huppe d'or sur le front, la joue pareille à l'aurore et l'oreille comme une rose, les cordons du tablier noués à l'ordonnance, juste ce qu'il faut de taches de sang çà et là, ah! Madame, le boucher de Paris vaut le coup d'œil, sinon mieux.

Ma promenade tournerait au pèlerinage mélancolique, si je me laissais faire. Rue de Valois régnait, sous un beau balcon, ce vieux restaurant célèbre, *Au bœuf à la mode*. Le balcon est là. Le bœuf bien lardé, l'excellente mode de sa sauce, de ses carottes, de son lard, de son pied de veau, ont disparu.

Irai-je voir le bœuf gras?
Irai-je voir ma maîtresse?
D'un côté l'amour me presse.
Mais le bœuf a tant d'appas!

Est-il de Gavarni, ce quatrain? Il souligne un de ses jolis dessins qui groupent des « lions » excessivement cambrés, des lorettes qui ont l'épaule en bouteille à vin du Rhin et l'œil andalou.

A côté du *Bœuf*, pleurons la pâtisserie Flammang, ses éclairs, ses glaces napolitaines, et l'absence des sous-verres à guirlandes, d'époque Restauration. Les Flammang se sont ruinés à vendre leurs crèmes délicates, leurs pâtes feuilletées qui gaspillaient le beurre...

Autant que la bonne maison je regrette ses bons propriétaires. Entre les sous-verres fleuris, aussi agréables que ceux du Grand Véfour, vivait une famille de dames en noir, la plus âgée assise à la caisse. Une puînée veillait au va-et-vient impeccable des serveuses, tandis qu'une seconde génération, représentée par une jeune femme de couleur effacée, s'informait de la santé des clientes, tout en ployant autour d'une tarte, d'un saint-honoré ou d'un savarin – « Bien arrosé, n'est-ce pas, Madame? » – une tente conique de « papier fin ». Une petite fille silencieuse mettait ses devoirs au net près du comptoir... Flammang est à présent une « coopé » peinte en vert cru. Les sous-verres ravissants sont garés au musée Carnavalet. Ça nous fait une belle jambe. Et à eux aussi.

Tout ça n'est pas très gai. Si je ne me défendais pas, je serais aussi lugubre qu'un vieillard ordinaire. Mais je me défends, je me soigne par le marché noir. Je roule vers une boutique, de moi et d'autres connue, régie par une jeune femme éclatante. Car les boutiques « noires » à mégères pincées, à jeunes gens sardoniques et brutaux, ça ne se porte plus. On est au genre cordial. Demandez plutôt à Simone Berriau, demandez à Cécile Sorel. Mais ne comptez pas sur moi pour que je révèle le lieu où je les admirai, toutes deux, aussi agiles l'une que l'autre, perchées comme des bergeronnettes sur des casiers escarpés, plongeant à l'aveuglette dans de ténébreux tiroirs d'où elles ramenaient, à grands cris de triomphe, un butin de camemberts plâtreux, un petit sac de noix rances, une paire d'espadrilles, un poudreux savon de Marseille, d'autres proies encore qu'elles semblèrent coter au-dessus de leur valeur et de leur utilité. Au point qu'un moment grisées comme les oiseaux qu'on a gorgés de grains de cassis, elles oubliaient de remarquer, haut juchées, qu'elles laissaient voir leurs jambes charmantes. Rien n'en était perdu pour un jeune homme, le maître apparemment de la boutique, dans les regards duquel se peignaient ses sentiments, tous ses sentiments. Sans lui je n'aurais pas su combien l'exercice du marché noir peut se faire désintéressé, tant par la passion que par la rêverie...

Mais je parle là de temps révolus, et la vertu commerciale a sûrement rallié, depuis, tous les acteurs de cette scène – tous, sauf moi.

28 janvier 1948.

DANS la chambre que l'on ne parvenait jamais à rendre assez chaude, je naissais péniblement le 28 janvier 1873, et je donnais beaucoup de mal à ma mère en travail. Depuis près de quarante-huit heures, elle luttait comme savent lutter toutes les femmes qui accouchent. Autour d'elle les servantes perdaient la tête, et oubliaient de nourrir le feu dans la cheminée. A force de cris et de peine, ma mère me chassa de ses flancs, mais comme je surgis bleue et muette, personne ne crut utile de s'occuper de moi...

Il y avait bien peu de douceur et de confort dans cette chambre. Des rideaux de perse fleurie, montés sur flèche à l'ancienne mode, abritaient les deux lits, largement séparés, de mes parents. Un singulier petit bahut à chaussures, trapu, occupait l'embrasure de la fenêtre qui donnait sur la rue, et servait de siège. L'armoire à glace à trois corps inégaux, en palissandre doublé de thuya satiné, me parut toujours trop belle, et dépaysée...

Une quinzaine d'autres vingt-huit janvier passèrent, sans y rien changer, sur cette chambre où je naquis à demi étouffée, manifestant une volonté personnelle de vivre et même de vivre longtemps, puisque je viens d'accomplir le soixante-quinzième anniversaire que mes amis autour de moi s'obstinent à appeler « un beau jour ». Acceptons qu'ils l'aient rendu beau. Ils m'ont donné tant de choses...

Ils m'ont donné des fleurs, des fruits et des bonbons, et les soixante-quinze ans auxquels j'avais droit depuis la veille au soir. Ils m'ont donné des louanges imprimées dans les journaux, et telles que j'ai pu croire que je ne compte au monde que des amis. Ils m'ont écrit des lettres, des télégrammes, ils m'ont envoyé des photographies : « Voyez comme notre petite fille est belle pour ses trois mois! Nous l'avons appelée Françoise. » Et des cartes postales, donc! « Madame, c'est seulement une petite chatte de l'Helvétie qui vous souhaite un bon anniversaire, elle est toute blanche et elle est âgée de sept mois. » A laquelle, chatte ou belle enfant, donner la palme?

Ils m'ont envoyé la première violette de l'année : « C'est Jacqueline qui a eu l'idée d'aller voir sous le roncier abrité s'il n'y en aurait pas une de fleurie, et justement il y en avait une! »

Anacréon (Richard) m'a écrit : « Comme il n'y a pas soixante-quinze bougies chez moi, ni dans toute la rue de Seine, je vous envoie soixante-quinze œillets : un par année. »

Une bouteille bordelaise est venue sans dommage jusqu'ici, portant sur son petit ventre sa date anniversaire : 1873, la même que la mienne, et sa poussière précieuse. On l'a tenue couchée, comme moi, jusqu'au dîner du 28 janvier, et, ma foi, comme à moi il lui restait quelque feu, une couleur atténuée, une bonne odeur de violettes, et le vin de Mouton qu'elle m'apportait reposait doucement sur sa lie, d'où nous l'éveillâmes pleins de gratitude et de précaution... Et mon meilleur ami ceignit mon poignet du métal jaune pour lequel j'avoue ma prédilection, qu'il soit tors en bracelet, plat en médaille, ou forgé en chaînons.. Il y eut bien d'autres présents, propres entre tous à m'engouer d'émotion; il y eut la jacinthe bleu-noir cousue en bordure d'une carte à tranche d'or, et la jacinthe rose de Rosa, les perce-neige de deux petites ouvrières qui n'ont pas dit leur nom et se sont vite enfuies; les fruits magnifiques de Pauline : « Je n'aurais pas supporté que quelqu'un en donne à Madame de plus beaux, un jour pareil! » Il y eut le rameau d'orchidées de ma fille...

– Tu as vendu ta chemise, je parie, pour m'acheter cette branche?

– Oh! non, maman, n'aie pas peur. Tu sais bien que je ne porte pas de chemise...

Et combien de « fleurs de quartier » pour mes petits vases, et le portrait d'une rose par Redouté, et un saucisson épatant pur porc pour mettre à cuire...

Et deux Américaines m'ont fait venir, venu de l'Ouest, venu de l'Est, deux de ces colis américains qui réjouissent la vue comme le palais, tant les papiers d'argent, les cartons glacés, les enveloppes fleuries, les boîtes vernissées doublent l'attrait des pruneaux, des gâteaux, des farines pures, des raisins de Malaga et des sucreries translucides qu'ils contiennent.

– Si tu me donnes ta boîte vide, je te passe ma part de lait en poudre, proposait à sa sœur un petit garçon venu en voisin.

– Penses-tu, je ne suis pas folle, répondit sa sœur. Même pas si tu me refilais tes chocolats à la menthe.

Et un plein jéroboam de champagne, que j'eus!

Et le rempart d'azalées rouges dressé autour de moi par mes confrères de l'Académie Goncourt ! Et des journaux émaillés de « notre Colette » tendrement possessifs. Qu'il m'est doux d'être un bien indivis ! La grande voix de Marguerite Moreno me parla à la radio, ample, bercée sur son rythme inimitable, douée d'échos multiples, attendrie çà et là par des vagues de tendresse – juste au moment où je n'écoutais pas... Marguerite voulut me consoler de ne l'avoir pas entendue : « Ça ne fait rien, ma Colette. Nous recommencerons, toi et moi, dans soixante-quinze ans. » Oh ! Marguerite, je veux bien, maintenant, maintenant que je sais ce que c'est, maintenant que sur mon radeau-divan frété de présents, éclairé d'un fanal bleu, j'ai accueilli un désordre, une chaleur, une abondance de rires et de larmes, qui n'étaient pas indignes de la jeunesse.

Je n'ai guère qu'un très petit solde de jeunes filles, autour de moi. J'en aurais davantage si je les laissais approcher. Mais je les redoute. Il est tout naturel que les forces neuves effraient les forces déclinantes. La sévérité, pour juger celles-là, n'est pas le lot de celles-ci, quoi que nous en ayons.

La forme sentencielle dont use, pour nous offenser, la plus jeune jeunesse, sera toujours plus prompte que nos jugements, où nous essayons, sans y parvenir, d'introduire un peu d'équité.

Ce n'est pas la curiosité qui me manque. Pourquoi retirerais-je, aux jeunes filles et aux jeunes gens, ce qui m'incline sur les autres débuts ?

Il est rare que la curiosité soit à base de malveillance, mais comment, passé le temps du naturel et de l'effronterie, comment la manifester ? Je n'ai pas peur de mes amies; j'ai peur de la fille d'une amie, voire de la fille de la fille d'une amie. Les enfants que je ne reçois pas mais qui m'écrivent se réclament d'une grande timidité. Timidité littéraire, je veux bien croire à celle-là, qui les mène à quêter conseils et recettes. Mais les autres timidités, c'est à moi, c'est à nous de les éprouver, presque d'en souffrir.

Mes jeunes filles, je ne les attire pas. Je ne les chasse pas tout à fait. Elles doivent trouver que je manque de conversation, parce que avec elles j'en manque en effet, et qu'il ne me reste, du plus épuisant de tous les plaisirs, qu'un prurit d'interrogation. Tête à tête avec celles qui se sont déjà pourvues d'une profession, je finis toujours par tirer d'elles ce que j'aime le mieux, c'est-à-dire un peu du roman de leur métier. D'autant qu'elles « passent aux aveux » sans avoir l'air de se douter à quel point elles sont émouvantes. Leur pathétique, elles l'enferment dans ce que notre langage contient de plus banal, dans des explétifs, dans des chiffres affreusement précis et froidement énoncés. Cependant entre elles et moi s'étend et s'aggrave un espace que la familiarité s'aventurerait en vain à combler, ni d'ailleurs une bienveillance à laquelle elles ne croient guère. La curiosité – qu'elles jugent légitime, car l'infatuation ne leur fait pas défaut – me sert mieux, et aussi cette divination malicieuse, legs de Sido, à laquelle je recours par jeu. Par jeu seulement et sans aucun esprit de conquête. J'ai besoin de me répéter qu'en dépit de l'âge tous mes divertissements ne sont pas criminels.

Nous traitons plus facilement, mes jeunes filles et moi, de ce qui s'écarte de l'intimité, par exemple le théâtre en tant qu'art, le cinéma en tant que moyen de parvenir, la bibliophilie considérée comme un commerce. Sur ces champs d'activité, elles me battent. Jeunes filles et jeunes gens n'ignorent rien de ces pistes banales. Le plaisir que je goûte à m'étonner les enorgueillit, les rend loquaces; au reste les deux sexes arrivent à se ressembler à force d'être chasseurs d'éditions, d'autographes et de dédicaces, amoureux de « truffer » les « originales », au mépris des braves vieux albums fermés d'une serrure, et autres Livres d'Or. Tels engouements se mêlent curieusement à un esprit de famille qu'on croyait bien compromis; j'ai signé l'autre semaine un exemplaire de *Le Pur et l'Impur* que me présentait un bibliophile de cinq ans et demi, amené par sa prévoyante mère.

Autant que je puisse les joindre dans leur lointain, je vois nos jeunes filles vives, ambitieuses, mais inquiètes. Leur confiance en elles-mêmes n'est que d'attitude. Audacieuses, elles se découragent promptement, comme les chevaux de travail qui ne sont pas assez nourris. Il y a sur elles les traces d'un conflit qu'elles ont à peine connu, une sorte de plaie indolore. Je connais trois sœurs et leur cousine. Une se donne, malgré elle, malgré tout, à la musique et ne s'en déprendra jamais. Quand la musique décide... Une peint, mais je crois qu'elle ne peindra plus l'an prochain. La troisième danse et maigrit. Question de bifteck.

La cousine a saisi au vol une petite chance théâtrale, elle débute prochainement dans une pièce où tous les personnages ont dix-huit ans; entre-temps, elle fait, comme on dit, « un peu de ciné ». Elle ne dit pas « un peu », elle dit « un pchon », étant encore assez enfant pour aimer le langage mystérieux.

Elle s'appelle Catherine. Si elle ne s'appelait pas Catherine elle s'appellerait Chantal, ou Dominique.

Les parents n'ont ni invention, ni prévoyance, ni mémoire. Elle vient me voir parce que sa mère, qui n'est ma cadette que de vingt ans, lui dit spasmodiquement : « Va dire bonjour à Madame Colette, sois bien gentille avec elle, ne la fatigue pas. »

– Je peux lui demander un mot pour Jean Cocteau? glisse Catherine.

– Oui, mais arrange-toi pour que ça vienne dans les hasards de la conversation.

Vous voyez par là que Catherine est bien élevée. Elle entre, et devant que de dénouer sous son menton l'écharpe qui économise un chapeau et ménage une permanente, elle parle :

– Madame Colette, est-ce que vous voudriez me donner un mot pour Jean Cocteau...

– Oui, si tu me racontes ta robe du premier acte de ta prochaine pièce.

– La pièce est bien habillée, c'est toujours ça, reconnaît Catherine avec une fausse condescendance. Que je me fasse seulement engueuler un pchon dans le journal par Jean-Jacques Gautier, et j'arriverai à m'en sortir... Surtout que ma robe du un est en gros ottoman aigue-marine, bien raide. Un petit bouquet d'oreilles-d'ours violet à la ceinture, et un grand front blanc.

– Un grand quoi?

– Front blanc.

– Où ça?

– Mais, dit Catherine, sur le front.

– Tu n'as pas un grand front, Dieu merci.

– Oh! dit Catherine, je l'agrandirai bien, avec un rasoir mécanique.

– Quelle horreur!

– C'est indispensable. Ça fait pur. Surtout pour un rôle de jeune fille. D'ailleurs tout le monde – enfin les femmes – a un grand front blanc.

– Je ne m'en suis que trop aperçue. Et tu montreras aussi, tout nu, ce jour-là, le petit espace bossu qui est derrière tes oreilles?

– Bien sûr!

– C'est de la dernière impudeur. Tu n'as jamais vu dans la glace le derrière de tes oreilles? Alors, tu ne sais pas que c'est un endroit disgracié, même chez les jolies femmes, même chez un joli petit enfant? Que depuis qu'on coiffe les fillettes de deux bouts de nattes en queues d'écrevisses qui ne laissent pas passer un cheveu, elles sont laides vues de dos? Que les derrières d'oreilles, les nuques et les cous maigrichons des enfants sont des sites en voie de formation, qu'il sied de les voiler d'une végétation providentielle, dorée, cendrée ou brune? Que depuis que les femmes arborent ce que Marguerite Moreno appelle « le front vaste et encyclopédique du garçon de café », il n'y a plus de compatibilité possible entre votre visage et la périlleuse frivolité de vos chapeaux, entre le front-steppe et la mignarde guirlande qu'il repousse en arrière, entre ce sol ingrat et l'oiseau qui les domine, entre la morne plaine et les traits espiègles de tes dix-huit ans...

– Je n'ai rien d'espiègle, interrompit Catherine gourmée. Et même Jouvet m'a dit une fois que j'avais un avenir dans les victimes.

– Les victimes de Jouvet, cela se peut...

– Oh! commença Catherine, rougissante d'espoir...

Mais je fauchai, du tranchant de la main, ses espérances naissantes et lisibles.

– Ce n'est pas une promesse, Catherine. Continue.

– Mais, dit Catherine, je n'ai encore rien dit.

Une si irréprochable malice, une si juste critique

de mon flot de paroles m'atteignit au bon endroit, et je payai la dîme.

– Il y a encore du chocolat suisse dans la boîte, sers-toi. Quoi de nouveau dans la ville?

– Que la frange va se reporter. Toutes en Lautrec! Vous serez contente, Madame Colette!

Je lui fis l'œil torve du vieux lutteur, et lui versai quelques axiomes, qui me sont chers, touchant la chevelure comparée au feuillage, le visage féminin assimilé au fruit; j'allai même jusqu'à évoquer, pour piquer Catherine, les triomphants jeunes fronts, tout enveloppés de boucles, de Martine Rouchaud et de Dominique Blanchar. Un peu plus, je me remémorais à haute voix les noirs accroche-cœurs envahissant la pâleur de Rachilde, et son visage de chat... Je me fis une raison, car Catherine guettait l'heure à ma montre cardiaque. Elle ne réagit qu'en exilant de son visage la moindre mèche cendrée, avec une application qui pouvait passer pour impertinente, allégua l'heure de « sa » répétition, et fit une bonne sortie, après un « au revoir » très joliment déclamé et mimé, ce qu'on appelle les bonnes manières. Comme si les bonnes manières dépendaient d'un geste et d'une intonation. Elle m'intimide, cette Catherine cendrée, à angles aigus, mais je l'impressionne.

Elle ne me quitta pas sans m'offrir ses soins : « La couverture? Le coussin? Les cannes sont à votre portée? » Fraîche fille policée, dure, courageuse, fermée, peut-être lyrique dans le secret de son cœur! J'aime son esprit contradicteur, sa présence doucement acide, ses rébellions de branche printanière. Il me semble que si l'homme, la main, la bouche, le corps d'un homme l'avaient froissée, tout le monde s'en apercevrait... moi la première, bien entendu. Etais-je ainsi, à son âge? Je ne me souviens pas bien, mais je me rappelle avec force la répugnance – Catherine la ressent-elle à s'approcher de moi ? – dont je frémissais au frôler des vieillards d'autrefois, l'élan sauvage qui, la visite finie, m'emportait loin de Mme de Cadalvène, de Mme Bourgneuf, octogénaires que leur âge et leurs impotences tenaient, d'une prise solide, à leurs fenêtres, sur le bord usé de leurs nids de vieilles dames. J'échappais à la petite main paralysée, recourbée en griffe, qui m'offrait des sucres d'orge de Vichy... Il fallait l'autorité de Sido pour que je consentisse à ramasser, auprès des pieds insensibles chaussés de gros feutres, un foulard en soie des Indes que je haïssais... Il y avait aussi certaine tasse, et certain coussin, de crin noir tissé... C'est à moi, et non à Catherine, qu'une voix murmurait : « Il faut être très gentille pour Mme Bourgneuf... » Mais je n'avais d'yeux que pour des détails... Justement ces détails qui s'assemblent, inéluctables, autour de moi –, justement les deux cannes à béquille, le châle de vigogne, les lunettes...

Ah... Pauline, donnez-moi vite ma robe de chambre bleue, oui, la neuve, et le foulard rose, et le vaporisateur, et le vase de cyclamen en fleur sur ma table... ma boîte à poudre... Il fallait me donner tout cela bien plus tôt, voyons, au moment où cette petite est entrée... Je suis à faire peur...

*

Rares sont mes jours sans cadeaux. Entendons-nous : je n'ai affaire presque qu'à des donateurs qui me connaissent bien, et savent comment pourvoir à ce que je nomme mon insatiable avidité. Aujourd'hui j'ai eu les premières châtaignes, petites, dures, d'un brun sombre, sommées d'une large macule claire, et trois petits poils raides à la queue, pour montrer que leur maturité est récente. Celles-ci proviennent d'un bois proche de Paris – sept ou huit kilomètres –, que je vois d'ici : une pente raide, boisée, clairsemée de châtaigniers mal dirigés, de chênes et de pins. Un chemin, une percée plutôt, invite, mais sans insistance, le passant à découvrir un chalet de bois, assis sur un briquetage qui perd son mortier. Que fait là cette isba? Chut... Respectons le repos cérébral, l'insociabilité dominicale de deux médecins – je les appelle « mes médecines » – surmenés... J'ai pu une fois les suivre jusqu'à leur abri. Elles s'y montrent bienheureusement pareilles à tous les enfants qui se réfugièrent dans un bois, allumèrent un feu, déjeunèrent sur une assiette de papier, burent à même le goulot, puis écoutèrent le silence que perforent le cri d'un train et le chant d'une mésange... Pour les avoir suivies une fois, je sais que l'écureuil les survole, et qu'elles protégèrent, par un jour chaud, la fuite d'une grande couleuvre. Devant elles, c'est la solitude de l'Ile-de-France et son paysage, mordus l'un et l'autre par des voies ferrées, tachés de petites villas, mais sereins, élargis par leur ciel.

Je n'accompagne que rarement ces deux ambitieuses qui rêvent d'oublier, pendant quelques heures, laboratoire et cabinet de consultation. Leurs sciences diverses ont de longtemps distancé ce qui est connu dc l'ignorant, aussi s'étonnent-elles de l'araignée mimétique, perle rose parmi la bruyère rose, de la vesse-de-loup sphérique, œuf immaculé que pondent les nuits fraîches. Elles savent ce qui me fait envie et me l'apportent : un plein chapeau de châtaignes mûres et des mousserons crus, pour la gourmandise. Pour la récréation, quelques fleurs de prés, la chevelure feutrée d'un bédégar, et, serrées dans une seule bogue verte, trois châtaignes pas encore mûres. La bogue s'entrebâille, les trois fruits d'acajou clair luisent dans la fente. J'empoigne, de ma mémoire crochue, le petit bout de tige ligneux qui tenait suspendu ce bel oursin vert, et je n'ai plus qu'à remonter jusqu'au feuillage solide, gagner le voisinage des pins. Plus loin, c'est tout sable, bouleaux, bruyères, et ronciers chargés de fruits. Laissez-moi aller, je ne me perdrai pas. Fermez la porte de ma chambre. Je n'ai besoin de personne pour guider ma promenade. Je n'avais besoin que de ces trois châtaignes, serrées dans une seule bogue entrouverte... Au revoir, au revoir. Je serai peut-être un peu en retard pour le dîner.

Jean Marais m'a donné un paysage, peint à l'huile sur un petit panneau. Au premier plan, sur l'écorce du gros arbre branchu, il a écrit mon nom. Derrière l'arbre, les prés s'épanouissent, prolongés par une lointaine mer arcachonnaise sur le bleu de laquelle je me repose.

Ce grand archange aux traits sévères, que la scène dispute à l'écran, l'écran le reprend à la scène; il ploie, pour entrer chez moi, ses ailes qu'il heurte à des portants et brûle aux sunlights. Il ne se plaint pas, il exerce sa patience d'ange. Mais il essaie souvent de s'évader. Parfois il y arrive, en empruntant le tunnel d'un petit entresol très bas de plafond. Les genoux au menton, les coudes aux flancs, courbatu et heureux, penché sur un panneau pas plus grand qu'une boîte à cigares, il a peint pour moi un bon bout d'immensité.

Après quoi il est venu me l'apporter, m'a

embrassée, n'a pas froissé mes jambes lésées, ni bousculé ma table-banquette, ni fait choir mes lunettes. Il poussait son front – son front de « Bête » –, sa fauve fourrure de cheveux, ses naseaux froncés entre mon oreille et mon épaule, sans le moins du monde m'écraser, à sa bonne manière filiale et puissante. Cependant au fond de ma chambre Moulouk, le chien qui s'est voué à Jean Marais, qui vieillit de son absence et rajeunit sous son regard, détournait la tête et refusait de me dire bonjour.

La semaine dernière, il m'est arrivé un fruit volé. C'est une « personne du quartier », chuchoteuse, la chronique aux lèvres, qui me l'a apporté. Sur une branchette nue se tenait solidement une pomme un peu ridée. « C'est une pomme du Japon », murmura la chronique. « Elle vient des jardins d'en bas de la tour Eiffel. On l'a volée pour Madame Colette, le temps que le jardinier allumait sa pipe. » Je me suis mise incontinent à rêver que les jardins de la Tour, jusqu'ici inexplorés, se réservaient à l'arbre exotique, à la mangue et au chérimoya ou anone –, qui sait? au gigantesque fruit du jacquier...

Car la pomme, à peine seule avec moi, exhalait une senteur mi-coing, mi-pomme, que je qualifiai d'enchanteresse, et si vive que l'antichambre, souvent accaparée par l'oignon frit, en bénéficia. Un peu plus tard l'escalier, auquel les Seigneurs chats vouent un culte trop assidu, ne sentait que la pomme effrénée et le coing corrigé par le citron, tous trois grossis vingt mille fois. Perdant toute retenue, la fragrance descendit au rez-de-chaussée, éveilla Madame la libraire qui, deux doigts sur sa tempe rêveuse, regretta d'avoir outrepassé l'heure de cuire ses confitures.

La nuit, dans l'embrasure ouverte de ma fenêtre, j'invitai la pomme volée à dormir près de moi, encore que minuit et la lune décroissante décuplassent son savoir-fleurer, et que mon meilleur ami, dans la chambre voisine, cherchât à m'en dissuader en poussant les hauts cris et dédiât cent malédictions au Japon, au pommier, aux dangers des senteurs toxiques et aux déprédateurs de jardins publics. Mais comme par bonne éducation il pousse ses hauts cris à mi-voix, je ne l'entendis pas, et je m'embarquai sans défiance sur une vague de sommeil tôt assiégée d'erreurs et de songes, tels que n'en accueillit jamais, à son bord, mon divan-radeau.

Le maléfice n'a pas encore eu, avec moi, le dernier mot. Aussi, puisque l'arrière-saison est belle et que je couche encore « dans le jardin », n'eus-je besoin que d'allonger le bras pour saisir la pomme volée et la lancer dehors. Entre les balustres de ma fenêtre j'aperçus, car l'aube et la rosée blanchissaient déjà le jardin, qu'un long chat noir jaillissait d'une bordure de fusains et poursuivait la pomme. Mais quand il la rejoignit il eut un haut-le-cœur, et tout de suite il commença à la recouvrir de terre, lui assignant ainsi le rang que méritait sans doute sa provenance des douteux édens. Puis il s'éloigna, à pas comptés de chat, satisfait sans doute d'avoir flétri le bas sortilège au moyen de la cendre, de la nausée et de l'oubli.

Il y a bien longtemps que je l'ai quittée, l'habitude de regarder l'enveloppe sans l'ouvrir, d'interroger l'écriture avant de lire. Habitude qui ne persiste que chez l'isolé, le privé de contact épistolaire. J'ai tôt fait de massacrer les enveloppes, parfois au grand dommage de leur contenu. André Lecerf me dirait que c'est là un trait de caractère, mais je crains que ce ne soit pas un trait flatteur.

Pourquoi ne pas m'aider d'un coupe-papier, plus commode et plus élégant?... Ah! voilà. Pourquoi n'ai-je que des coupe-papier infidèles? Autrefois, je les achetais dans les bibliothèques des gares, par dix ou douze, en bois blanc. Alors ils s'évadaient par dix ou douze. La pointe du crayon se rompt et me saute au nez. La sonnette est un accessoire de théâtre, un fil sans voix. Ma montre est cardiaque, je l'ai déjà dit. Le journal du soir fond, s'évade... Accidents de famille, héréditaires; mon père ne domptait la folle conduite du journal *Le Temps* qu'en s'asseyant dessus. Encore, ce poids suffisait à peine. Quel emploi fait-on d'une gomme à effacer? Quel, d'une règle? Les objets conçus en vue de faciliter le travail ne furent jamais puissants à m'aider. Mais leur malice ne vaut pas la mienne, qui consiste à me passer d'eux. Je me persuade que je suis en train d'acquérir une certaine indépendance. Il ne serait que temps.

Heures du courrier, chauds moments de la vie d'écrivain! Lacérées les enveloppes, dépouillées les lettres d'inconnus – ah! s'ils savaient se borner... –, un appétit inavoué, une faim de compagnie humaine quête encore, bouscule les messages, soupire à la fois : « Ouf... » et : « C'est tout? » Le demeurant de mes études graphologiques me laisse offensée et grommelante à la vue de certains graphismes. Si l'écriture est un portrait, rien n'autorise que chaque page manuscrite impose un portrait grimaçant, dénonciateur et ressemblant.

De six à douze ans, j'écrivais vite et mal, comme

tous les enfants à qui l'on n'enseignait que l'écriture couchée, dite anglaise, qui leur faisait l'épaule droite de travers et l'index droit bossu. Vers ma treizième année, ma chance voulut qu'on promût dans mon village, au poste d'institutrice, une femme jeune, vive, exigeante, qui se pencha sur mes cahiers et dit :

– Quelle vilaine écriture! Pourquoi?

Je n'attendais pas ce dernier mot et ne sus que répondre.

– Oui, pourquoi? Cette écriture est inexcusable. Je vous donne une semaine pour la réformer. C'est amplement suffisant. Adoptez les plumes Flament n° 2, qui ont un bec large. Cela vous aidera à ralentir, à éclaircir votre écriture, et à la redresser. Vous n'avez jamais pensé qu'être illisible est une grave impolitesse? Je ne supporterai pas que vous la commettiez envers moi.

Les résultats d'une pareille admonestation furent rapides. Je l'essayai un demi-siècle plus tard sur Claude Chauvière, de qui l'écriture rebutait l'attention. Fluide, dépliée à peine, significative, hélas, négligeant boucles et barres, effaçant les jambages, une écriture banderole qui rêvait d'évasion, je gagnais à la déchiffrer autant d'irritation que de malaise, et je traitais Claude d'enfant mal élevée.

Elle avait le sang prompt, un cœur orgueilleux; elle devenait pâle, elle devenait rouge :

– Madame, j'en serai quitte pour vous délivrer d'une lecture aussi lassante, et de la présence d'une personne sans éducation...

Alors je l'appelais petite imbécile – un mot qu'elle buvait comme la plus douce louange, avec un visage soudain mouillé de sourire et de larmes. Maintenant je suis bien contente de la retrouver, sa négligente écriture, dans les marges et les interlignes de cette bouffée d'exaltation et de perplexité que je possède en épreuves, et qu'elle intitula *Manuscrit trouvé dans un monastère.*

L'écriture harmonieuse, magnifique, de Germaine Beaumont est un réconfort pour l'œil et l'esprit. On y lit toutes les fortes vertus de la grande romancière, et même une de plus : je veux dire la sorte noble de dédain à laquelle lui donnent droit son talent et l'indépendance qu'elle a choisie.

La mienne n'est pas laide, il s'en faut. Elle est comme moi, un peu double ponette, plus pleine que déliée, et lisible. Je peux bien me faire un petit compliment de temps en temps.

Nous nous habituons difficilement à ce que l'heure du courrier – surtout le premier courrier du matin – ne soit pas celle de l'espoir, de la surprise et de la récompense. Avec animosité nous aimons la paperasse close, puis déclose, puis éparpillée. Nous cessons de l'aimer dès qu'elle n'a plus de secrets, plus de discrétion, plus de ménagements, dès qu'elle est prolixe, qu'elle se galvaude parmi le prospectus, la publicité pharmaceutique, la galerie de peinture et le catalogue de librairie.

Seuls nos amis intimes, quand ils sont loin, mettent à nous écrire un minimum d'abondance, un maximum de réserve, taisent leurs ennuis personnels, et s'occupent de nous – mettons, en l'espèce, de moi –, de cette arthrite; ils ont découvert un ostéopathe qui... un radiesthésiste que... Ils citent un cas merveilleux de guérison, une source thermale dont...

Alors j'entre dans le plus mauvais de mon caractère, moi qui voulais lire justement le récit de leur trajet, les épisodes de leur séjour, le nombre de dents de la petite fille, la hauteur de la crue régionale, enfin des nouvelles. Mes amis, le meilleur et les autres, n'ont-ils aucune idée de ce qui m'intéresse?

Je me console avec le demeurant de mon courrier, celui qui me vient des inconnus. Outre la chance d'y rencontrer la grâce si française de mainte épistolière, je cours celle de m'étonner. Car on m'y demande des choses que je croyais hors de mes spécialités, par exemple une « personne de confiance qui sache soigner une dame entre deux âges ». Et, « si ce n'est pas abuser, un honnête homme, genre garçon marchand de vins, pour une place de tout repos dans une ville de grandeur moyenne. Je me permets de vous demander cela, Madame Colette, parce qu'on sait bien que vous connaissez la vie ».

Certes, Madame! Peut-être pas exactement celle du garçon marchand de vins, mais *on* sait en effet – je me plais à ce « on » qui me fait confiance – qu'une consultation vétérinaire ne m'intimide pas, et que je ne jette pas dans la corbeille à papiers l'histoire des serins en cage, libérés pour cause de disette, et qui, croisés de moineaux, lèguent encore, deux ans après, une petite plume jaune par-ci par-là à leur lignée avec un brin de roulade dans le gosier. Je ne déchire pas l'histoire du chat domestique qui amena pas à pas dans la maison forestière, à force de patience et d'amour, le beau, le craintif, l'épuisé, le palpitant chat sauvage... Je ne jette pas non plus les dessins des enfants. Si je m'écoutais je ne jetterais rien. Je tâche de m'écouter le moins possible, et de garder ma sévérité pour le mal qui vient auprès de moi chercher encouragement et vigueur, pour le prurit qui se baptise vocation, pour le roman qui prolifère, la littérature qui s'égare, et la bibliophilie sous sa forme rudimentaire et paresseuse : « Madame, je dépose mon exemplaire chez vous et je viendrai le reprendre demain revêtu de votre dédicace. » La formule est brève ? Excusez-moi, je n'en suis pas l'auteur.

Tous les jeunes bibliomanes ne sont pas aussi... succincts. Ont-ils tort de se gêner ? Peut-être, puisque, passé le premier mouvement d'humeur contre la dure jeunesse industrieuse, nous signons, nous répondons... Quoi que nous en ayons, nous ne nous sentons, envers elle, ni quittes ni libres. Un seul sursaut de refus me dresse devant ce que pourtant elle réclame le plus légitimement de nous, de ce qu'elle nomme notre expérience. Elle veut des conseils, des critiques. Elle veut, non seulement, comme le petit Yniold, « aller dire quelque chose à quelqu'un », mais entendre, prêter l'oreille à une voix qui lui parlerait d'elle-même...

Enfants, jeunes gens, hardis à m'écrire, qui faites état, dès les premières lignes, de votre « timidité », vous n'avez jamais envisagé que la mienne est peut-être la plus grande ? Je me protège de vous, je me tais, je vous redoute. J'essaie de rire avec vous, sans vous nommer ni vous trahir, mais pour ôter, de vous, cette folie d'écrire à une vieille écrivaine comme si elle dût céder à cette autre folie : vous répondre. Ne pouvant faire moins que de vous lire, je vous lis, et très scrupuleusement. Mais j'ai fortement sujet de croire que les plus hantés du vouloir littéraire ne sont pas les prédestinés. Les éclairer... je ne m'en sens ni le droit ni l'envie...

Tenez, lisons ensemble telles petites lettres qui m'apportent leur son imperturbable de contentement, de puérilité dessaisonnée. Dans la première tinte en outre un écho de Marguerite Moreno, de son exactitude à répondre, de sa raillerie adoucie :

« Madame Colette, je suis bien contrariée que la mort de Madame Moreno m'a fait manquer son rendez-vous. Cette dame avait été très aimable, elle m'avait promis de me recevoir et de me recommander dans les journaux. Car ayant le don de la cocasserie on me dit autour de moi que mes essais et autres poésies sont frappants. Un jour que j'ai téléphoné à Madame Moreno je lui ai dit qu'il vaudrait mieux ne pas attendre trop pour les publier parce que j'ai soixante-dix-neuf ans; mais elle m'a dit que, au contraire, mon âge serait un attrait de plus. Voyant qu'elle vient de mourir, je prends la liberté de m'adresser à vous, etc., etc. »

« Madame Colette, je ne sais pas si vous vous rappelez de moi. Quand vous êtes venue à X... une fois, en 1904, j'étais la petite fille de sept ans qui faisait les commissions. Depuis ce temps-là, je me suis mariée et nous avons eu bien des malheurs. Ça commence à se remonter un peu, mais il nous manque encore bien des petites choses. Aussi j'ai pensé à vous pour nous faire avoir gratuitement une automobile de rebut dans vos connaissances. Mon mari qui est très adroit de ses mains saurait sûrement en tirer parti. En vous remerciant par avance, chère Madame Colette..., etc., etc. »

Une autre? Va pour une autre, à mon avis la plus inattendue :

« Madame, j'aimerais mettre en poèmes plusieurs de vos œuvres, au nombre desquelles *La Maison de Claudine*. Spontanément, je vous offre de superposer, à votre rythme, le mien, qui est rigoureusement poétique.

« J'espère que l'idée vous plaira, peut-être aimeriez-vous aussi écrire la préface ? Bien des conseils (questions éditeur, impression, mise en vente, etc.) me seraient utiles de votre part... Ci-joint quelques échantillons, que je crois bien choisis. »

Eh oui, que voulez-vous ? C'est comme ça.

Comment, sur quel ton lire ces lettres ? Qu'y chercher, sinon une tranquille assurance, mais surtout une surprenante ignorance de la vie réelle, et, contradictoires, le culte du secret et le besoin du cri ?...

N'aimerez-vous pas, comme je fais moi-même, mes conseillers bénévoles ? Ils ne sont pas tous bienveillants, mais à qui doute de soi leur certitude est presque un coup d'épaule...

« Madame Colette, la lecture est notre grand plaisir. Mais nous ne vous cachons pas que vos histoires d'il y a longtemps nous fatiguent un peu, nous aimerions mieux quelque chose d'un peu plus actuel. Nous n'hésitons pas à vous l'écrire, cela peut vous rendre service, etc., etc. »

« Madame Colette, nous étions contentes, ma sœur et moi, de lire votre dernier livre. Et surtout si vous voulez nous donner encore des récits de votre enfance, ce sont les plus amusants. Pour la radio, il ne faut pas lire comme vous faites, il faut parler, comme une conversation entre soi, etc., etc. »

« Un peu ternes vos " souvenirs ", un peu las. On aimerait sentir plus d'émotion, plus de tendresse, dans vos dialogues avec le " meilleur ami ". Un peu las d'une part, d'autre part un peu littéraires, et en outre embués de dissimulation. Il y avait plus et mieux à dire. Croyez-en un confrère que l'état de sa santé a seul empêché de demeurer homme de métier, etc., etc. »

Auquel entendre ? S'il me restait seulement vingt ou trente ans à vivre, je finirais par faire mon profit, pour légèrement contradictoires qu'ils sont, d'enseignements aussi désintéressés.

Je ne cite pas pour déplaire, mais pour faire connaître par quels moyens directs, au besoin impératifs, le lecteur se met en communication avec l'écrivain. Je crois qu'il n'est aucun moyen efficace d'échapper à sa réquisition. Je crois aussi qu'entraînée depuis tantôt un demi-siècle à son exigence, au fol abandon qui guide la plume des femmes solitaires, des hommes obsédés, des monomanes de l'interrogation, je crois que je préfère leur indiscrétion à leur silence.

« Madame,

« Je vous envoie l'œuvre de toute ma vie, elle est composée d'impressions de mes lectures et de mes appréciations. J'ai laissé un feuillet blanc entre le titre et le texte, vous voudrez bien y inscrire une préface. Je ferai reprendre le manuscrit dans une semaine. Agréez... etc., etc.

« P.S. – La plus grande longueur possible pour la préface, S.V.P. »

Que je ne voie jamais Dieu si je mens, comme on dit dans mon pays : le pesant manuscrit, venu par la poste et recommandé, avait coûté 146 francs d'affranchissement à son expéditeur.

« Madame,

« J'ai treize ans et demi. *Toute ma vie* j'ai été poursuivie par le besoin d'écrire. On m'a *toujours* dit que j'avais beaucoup de dons. Mais j'ai hésité. Et maintenant, je crois qu'il est trop tard pour prendre une décision aussi grave. Mes parents me disent qu'il faut que je continue mes études, mais cela ne m'intéresse pas beaucoup. Ne voudriez-vous pas, Madame, me donner votre opinion... etc., etc. »

C'est moi qui ai souligné les mots « toute ma vie » et « toujours ». En les lisant, je pensais au petit garçon acrobate qui tournait sur la mosaïque de la cour de Chartres, vertigineusement à bicyclette, en cercles, en huit et lâchant le guidon. A son grand-père barbu qui le surveillait, je demandai l'âge de l'enfant :

– Quatre ans et demi.

– Quatre ans et demi! et il monte de cette façon-là!

– Oh! dit l'orgueilleux aïeul, il a appris quand il était tout petit.

J'admire les enfants gymnastes, mais j'ai un peu peur des enfants écrivains. D'abord parce qu'ils sont trop. D'autre part, qui n'aurait peur d'un enfant, de sa force, de son aisance à se mouvoir dans l'impénétrable? Pour nous égaler quand la fureur littéraire le prend, il ne lui manque que le vocabulaire. Je pourrais nommer, au moins par le pseudonyme qu'elle choisit, plus d'une fille de quinze ans dont le bagage comporte des poèmes, une, deux comédies, trois romans ou davantage, et des « mémoires » *(sic).* Même flux chez les garçons. Naturellement je ne me presse pas d'acquérir une opinion sur tant de jeunes œuvres, qu'on m'a confiées sans mon agrément. Mais il me reste la faculté de m'étonner, ne serait-ce que de l'exploitation qu'une jeunesse écrivaine tente de sa propre nouveauté. Si elle cache parfois son identité, elle n'oublie pas d'avouer son âge. « Madame, j'ai seize ans. Madame, j'ai treize ans, quatorze ans... » Sont-ce là ceux que parents, guides et pédagogues appellent des « petites brutes, exclusivement férues de sports violents »? Sûrement quelqu'un se trompe, sûrement on trompe quelqu'un. Sûrement il y a, dans les tentatives qu'essaient sur nous l'insistance et l'abondance quasi enfantines, il y a quelque chose comme l'usage d'une arme, outre ce prurit d'exhibition. « Madame, je suis si jeune! » Je crains là de distinguer un son qui ne serait pas le cri de la seule faiblesse, et puis je me reproche de manquer de pureté. Mais le frais démon insiste : « Madame, n'êtes-vous pas tentée de savoir à quel point je suis jeune? Voyez plutôt... » Une photographie glisse de la lettre. Comment faut-il interpréter l'envoi des portraits, cheveux en boucles et jupe abrégée pour la fille, ou maillot de bain et slip pour le garçon? Bah! c'est l'influence des mœurs cinématographiques. Mais ils savent, ces enfants hantés, que la jeunesse est une arme, plus puissante si elle porte les traits de la beauté.

Ma chance veut que je ne sache, en matière de littérature, ni patienter, ni enseigner. Qu'enseignerais-je, sinon le doute de soi, à ceux qui, dès le jeune âge secrètement infatués, s'aiment au lieu de se flageller ?

O enfants écrivains ! Enfants certes, mais quelle douleur de vous savoir abusés, prêts à vous vendre si l'on vous donne assez de loisir, assez de pain, assez de chaleur, même assez de sollicitude – tous objets de troc –, comme il est malaisé de ne pas penser à vous ! On croit avoir tout résolu quand on se tient la promesse, quand je me tiens la promesse faite à moi-même de ne jamais écouter l'écho qui prolonge certaines phrases : « Madame, j'ai quinze ans. Toute ma vie, la soif impérieuse d'écrire... » Hors des feuillets de papier pelure scellés d'une ficelle, froissés, fanés déjà d'avoir tenté ailleurs leur chance, je ne pourrai faire que ne s'irrue, ne palpite, ne se débatte ce bouquet entêtant de mensonge, d'outrecuidance, de capiteux désespoir, de vérité calculatrice –, ce bouquet, cette menace...

*

– C'est dommage de les manger, dit Marcelle Blot.

– On n'est pas forcé, Marcelle.

Parmi mes presse-papiers tout farcis de serpentins, de berlingots, de fleurs et de bactéries, Marcelle dispose les tomates rondes, d'un rouge irréprochable, sans plis ni côtes, les dernières tomates de son jardin de Saint-Cloud, et elle soupire :

– Si, on est forcé. Parce qu'elles sont bonnes.

La Grande Marcelle, l'amie des peintres – et la mienne –, exhale la vive odeur de l'estragon, du cerfeuil, du persil qu'elle a mis en bouquet, pour me les apporter, autour d'un céleri couleur d'ivoire, d'un thym à fleurs mauves. Tout ce qui sort de ses mains s'imprègne d'un art de tisseuse, de tresseuse, de fleuriste, de décoratrice. Elle fait magistralement des chapeaux pour les femmes. Et puis, soudain, elle refuse de faire des chapeaux. A cause des chapeaux? Non, à cause des femmes. Elle remonte à Saint-Cloud, y fait retraite. Elle est si foncièrement sauvage... C'est pourtant elle qui inventa de tresser finement des joncs, du rafia, d'en figurer des feuilles, d'en façonner des ceintures, des sandales. D'une branche épineuse, sur les épines de laquelle elle imagina d'enfiler les perles blanches du gui, je la vis faire une couronne de mariée. Aujourd'hui elle m'arrive de Saint-Cloud, tricolore comme une fraîche paysanne, l'œil bleu, la dent blanche et la joue rouge.

– Vous ne travaillez donc pas, en ce moment, Marcelle?

– Oh! si, dit Marcelle. J'ai fait un travail tellement joli que je perds tout mon temps à l'admirer. Dans mon jardin, j'ai quatre gros buissons de troènes. Ce n'est jamais que des troènes. Ils n'ont qu'un présent et un avenir de troènes. Je voulais les enlever. Je me suis souvent demandé comment améliorer leur situation de troènes, et j'ai trouvé. J'ai évidé aux cisailles tout le milieu de chaque touffe, en respectant une bonne épaisseur tout autour, et j'ai défeuillé toutes les branches. J'ai entrelacé les branches coupées et les branches debout, comme un panier, plutôt comme une cage, c'est une besogne qui me connaît; un tressage bien serré, en ménageant quelques petites lucarnes; j'ai passé des baguettes transversales à l'intérieur, les unes pour servir de perchoirs, les autres pour soutenir des abreuvoirs et des mangeoires... Vous vous faites une idée de mes cages vivantes? Du côté des mauvais vents j'ai serré beaucoup le tressage, et encore plus dans le haut que j'ai achevé en dôme...

– Et que disent les oiseaux, Marcelle?

D'admiration, elle lève les mains :

– Les oiseaux? Ils en ont tellement dit qu'ils n'ont presque plus rien à dire. Je n'avais pas fini la première cage qu'ils avaient compris. Si vous aviez entendu ce vacarme d'oiseaux... Et des conciliabules, et des avis contradictoires... Je passe mon temps avec eux. J'ai vu trois sortes de mésanges, du bouvreuil, du pinson, d'autres que je ne connais pas. Mon chat me fait une drôle de tête. Il doit se dire que je n'entends rien à la construction d'un piège. Le fait est...

– Mais les oiseaux, eux, n'ont pas cru à un piège?

L'œil d'azur de Marcelle me méprise un peu :

– Non, dit-elle. Ils savent qui je suis. Déjà ils entrent, ils sortent, par les petites lucarnes... La mésange entre la tête en bas, cramponnée comme une perruche. Les autres prennent leur élan, songez donc, du dehors au dedans, à rebours des oiseaux qui fuient la cage... C'est bouleversant! On me dit qu'au printemps ils se battront pour la possession de mes cages...

Marcelle verrouille pensivement le panier qui m'apporta les parures dernières de son potager :

– Et puis tant pis, dit-elle résolument. D'ici là j'inventerai quelque chose pour les empêcher de se battre.

Elle noue son foulard sous son menton, et s'en va, mais je la rappelle :

– Marcelle, Marcelle! Vous m'avez rapporté mon petit chapeau en velours noir?

Son visage de belle jardinière reparaît dans l'entrebâillement.

– Oh! non, vous pensez! Je n'ai pas eu le temps! Mes clients des troènes étaient plus pressés que vous! Vous, vous ne sortez presque jamais, et eux ils couchent dehors toutes les nuits!

Grasse, 1948.

A PARTIR du jour où la première « figue seconde » est mûre, vous pouvez compter que chaque matin une autre, dix autres figues secondes vous tombent dans la main, molles, le col infléchi, avec leur œil de faisan au derrière, et sur leurs flancs les rayures parallèles qui fendillent leur tendre peau violette ou grise. Les premiers jours, on ne s'en rassasie pas. Qu'est-ce pour notre appétit que six, que dix, que douze figues encore froides de la nuit, qui s'ouvrent par moitiés et rouges au-dedans comme la grenade ? Elles n'ont pas encore tout leur miel, et se font d'autant plus faciles à la bouche.

Mais la maturité se hâte et les multiplie. La semaine n'est pas finie que le gros figuier, et le jeune figuier d'en bas, et le figuier tortu, sont accablés de figues mûres, pendues par le goulot comme les nids de l'oiseau appelé cacique. Nous n'en venons pas à bout. Elles méritent la récolte totale, puis la claie. Faites vite, vous voyez bien qu'à son tour le raisin va s'impatienter, que la tomate est au terme de sa prodigalité et de sa rougeur, et qu'il ne reste sur les pêchers que ces petits biscaïens pelucheux, dure mitraille dont se bombardent les enfants.

Après quoi les arbres ne berceront que les pommes, abondantes au creux des vallons grassois et aux vergers de Solliès-Pont. Çà et là, l'une de ces belles normandes dépaysées choit et navigue, sur le petit flot étonné du Gapeau torrentueux.

L'usine qui élabore les parfums floraux, je croirais qu'elle dort dans son grand jardin, si je n'y arrivais en même temps qu'un camion, un cheval fessu, pansu, un chargement de longs paniers en gros osier, soigneusement aveuglés de toile. En cet équipage paysan débarquent neuf cents kilos de fleurs de jasmin. Mon fauteuil roulant s'emboîte dans leur voie.

Il n'y a pas plus de quatre heures qu'elles ont quitté leur champ, elles sont loin d'être fanées. Elles vont à leur consomption et m'entraînent. Un air malaisément divisible se traîne sous les plafonds ventilés, s'ouvre avec lenteur devant les pas muets des hommes qui servent le parfum.

Neuf cents kilos de fleurs de jasmin, c'est une litière, blanche encore, versée à la hâte sur les dalles polies, non loin d'un autre lit de tubéreuses, dont la flétrissure, mortellement odoriférante, respecte la couleur doucement carnée... La torpeur consentante, le souhait de ne presque pas vivre montent de ces entassements inestimables; je resterais là, prostrée et optimiste, sous la garde d'une jeune fille qui s'est dévouée ce matin à pousser ma chaise roulante. C'est une enfant très jolie, et que j'appelle mon petit cheval-fée. Quand je m'inquiète : « Je suis lourde? » elle répond en secouant la tête – elle encense – négativement : rien n'est lourd à un petit cheval-fée.

Le maître de l'usine veut me guider vers les destins successifs qui attendent, en vases clos, les dépouilles des cultures de Grasse : nul regard ne les verra plus sous leur aspect de fleurs.

C'est une grande merveille que l'intégrité d'une telle industrie. Ici, on extrait le jasmin du jasmin, et des bulbes d'iris vient l'iris. « Si vous restiez à Grasse, me dit Maurice Maubert, je vous montrerais les grands matelas multicolores d'œillets frais cueillis, qui sentent l'essence de girofle... »

Comme je lui demande à partir de quelle phase du traitement, de quelle sournoise violence l'odeur des jasmins reparaît dans l'extrait de jasmin, il me glisse dans la main une parcelle de cette confiture, de ce chocolat onctueux et brun qui s'appelle le concret, grâce auquel, l'ayant effleuré à peine, je constaterai tout à l'heure que les œufs à la coque sentent le jasmin, que le loup à la crème sent le jasmin, que le gratin d'aubergines, l'entremets au caramel sentent le jasmin. Le responsable d'un tel excès de suavité ne s'en excusera pas, bien au contraire; il emplira ma tasse d'un brûlant café vaguement extasié de jasmin : « Pouvais-je vous faire mieux comprendre que le concret de jasmin est incoercible? »

Vers six heures après midi, l'odeur des jasmins commence à barrer les routes, raide comme une corde tendue. Jusqu'à la nuit close, jusqu'au petit jour, la fleur sera, bien qu'invisible, de plus en plus présente. D'ailleurs nous distinguons au passage, par les nuits sans lune couleur de cendre bleue, ses petites constellations, blanches dans le feuillage noir. Entre l'aube et le soleil levé, il y a le temps d'une cueillette, à mains prestes qui ne dérobent que la corolle, sans détacher ses sépales minuscules. Les plants de jasmins sont troussés en javelle pour faciliter la cueillette, pour éviter à la fleur le contact de la terre légère qui nourrit côte à côte la tubéreuse et l'oignon doux, pour lui épargner le poids d'une fourmi, d'un grain de sable, d'une coccinelle...

Par les soirs où s'insinue dans l'air une vapeur qui nous promet la fin d'août, ma condition de personne aux jambes liées me vaut une promenade en voiture. La région de Grasse, qui ne reçoit pas de pluie l'été, recèle des trésors d'eaux vives. Les fontaines libres abondent, le moindre mas a sa cascatelle; l'urne ventrue des « placettes » abreuve sans repos les villages de ses trois jets presque glacés, parfois finement pailletés de bulles; je ne peux me tenir d'emprunter un gobelet, ou de téter la cruche ombiliquée, de boire aux fontaines comme je faisais, autrefois, en passant par Aix-en-Provence. Une source, c'est toujours un miracle.

Un domaine à vendre, qui ouvre à quelques visiteurs ses routes carrossables, n'est que langages de sources, frémissements d'eaux sombres et pures; hors d'une brèche s'élance un bras d'eau compact, qui brandit ses muscles de cristal. Sur la terrasse sans hôtes, autour d'une vasque dressée sur son pied unique, le temps, l'eau, l'oiseau, la graine volante ont amassé une grosse éponge végétale, chaque brin pleurant sa perle d'eau, comme à l'antique fontaine de Salon...

Souterraines ou jaillissantes, les eaux grassoises élèvent la nuit, dans l'air pur et sans brise, une brume insaisissable qui capte l'odeur des jasmins et l'immobilise. Rien ne bouge avant la pointe d'aube. Aux dernières étoiles, à la barre rouge et brune qui soulève le bord du ciel, nous ne sommes guère que trois, en haut des gradins cultivés, à enfreindre la loi du sommeil : mon meilleur ami, une chatte rayée et moi. Pas un souffle, avant dix heures, ne feuillettera le mûrier difforme et crevassé, les jeunes platanes. Il en était de même à Saint-Tropez, quand nous attendions, sous la dense glycine, que le vent de ponant et le soleil, conjugués, éveillassent la mer, les cigales, les convolvulus bleus et le pourpier à quatre couleurs. Dans ce temps-là, ma confiante cinquantaine frappait du pied l'eau endormie pour effrayer les timides reptiles, et je cueillais dans le petit marécage salé les statices mauves, et j'attristais cette heure sans pareille en pensant qu'après le premier bain dans la mer il me faudrait, dans ma maison refermée, travailler à *La Naissance du jour*... Je n'ai plus la maison; la cinquantaine est loin... Il me reste l'avidité. C'est la seule force qui ne se fasse pas humble avec le temps.

On ne me montre pas que ce qui est beau. La prévenance de mes amis, qui n'écarte pas l'humour, me mène à une quinzaine de kilomètres, tout le long de la Croisette, en choisissant l'heure où, entre des baigneurs innombrables, un baigneur, une baigneuse, nus, s'ajustent à un petit flot disponible, l'heure où un consommateur, entre des consommateurs, revendique un secteur de guéridon et un jus de fruit personnels; où le dos nu dit au dos contigu, avec l'accent du défi : « Moi, je suis le plus noir! » Le spectacle m'est si étrange que je réclame, comme au manège de chevaux de bois : « Encore un tour! »

Sur la mer, un bateau tire après lui son ski nautique, insecte d'argent au bout d'un fil. Au loin et couplés, ennoblis par la distance, leur pariade est la seule qui évoque, ici, l'idée de l'amour. Tout le reste... Je n'ai jamais vu, je crois, une foule moins amoureuse, ni plus nue, que ce Cannes 48. Serrés, ils ont l'air voluptueux autant qu'une caque pleine. Pourtant, qu'il fait beau, alors que partout ailleurs il pleut! « Encore un tour? » On me l'accorde au ralenti, entre la mer et les couturiers, la mer et les joailliers, la mer et les marchands de sandales, de soutiens-gorge et de jus de fruits, la mer et les hôtels et les voitures et les éventaires de fleurs et les insolés et les femmes au brou de noix... Un hôtel jaune dépasse toutes les proportions raisonnables, se rit de l'harmonie architecturale. Un orchestre essaie de faire entendre en plein air sa petite voix maigre. Sur les femmes, en guise de costumes balnéaires, je recense des shorts, plissés ou non, en tissus pauvres et fleuris, des gorgerins comme le creux de la main. Cela sert de tenue de promenade et de vêtement d'après-midi; l'ourlet en haut de la cuisse est un peu graisseux, un peu crasseux, à cause de l'huile. Les hommes, nantis d'un slip bref et révélateur, s'en tirent à meilleur compte. Tant femmes qu'hommes, ils sont trop... « Voulez-vous faire encore un tour? – Non, merci. » Au fond, je ne sais pas très bien, ici, si toute la chair diverse et exhibée me rend végétarienne, ou si je suis terriblement jalouse de ceux qui jouissent de l'eau salée, de l'agilité, de la nudité... Je retourne volontiers à mes vallons de Grasse. Mais en même temps je quitte la mer; elle reste de l'autre côté des collines, là, tenez, derrière ces deux petits seins du paysage qui respire si doucement. Elle n'est pas loin; il semble qu'en nous soulevant sur la pointe des pieds... Résignons-nous, d'ici on ne voit pas la mer. Vous m'en consolez par une plaisanterie : « Oh! c'est si peu la mer, cette mer-là! » N'empêche qu'elle s'entend, quand elle veut, à ravager la Côte.

A Hyères, quoique d'un peu loin, nous voyions son dur lapis, ses andains de sel. D'ici, on me mène parfois à la Garoupe, le matin, et on me plante sur un bord éclaboussé. La mer mousse en contrebas de la balustrade, sur les ébats des enfants nus; le sable est tantôt frais, tantôt tiède à mes pieds inutiles. Avant-hier soir à Antibes, tout le long d'un rempart où mi-étendue je me promenais, on voyait la mer d'autant mieux qu'il faisait nuit, lune, et que ma promenade aboutissait à la place qu'un traiteur de génie, dressant ses tables juste au centre de l'arc qu'enjambent les remparts, offre à ses clients de l'été. Au-delà, c'est le quai, le port, au-delà s'allument, à point nommé, à l'heure toquante, la lune, les feux des bateaux, le dos haussé d'une courte vague. Ce soir-là, avant-hier, nous sentions tous que rien ne saurait manquer, ni marcher de travers. Le patron souriait d'avance à sa belle nuitée gastronomique de juillet, brun, bien sanglé, blanc du col aux espadrilles, la langue libre et le pied silencieux.

Entre nos tables de premier plan et la toile de fond passaient, s'arrêtaient ou ne s'arrêtaient point ces troublantes voitures automobiles, usagères rapides de tous chemins, muettes et qui font, de leur discrétion même, le pire danger, lorsqu'elles semblent, lustrées comme d'un magistral coup de langue, surgir d'un bain d'huile pour aussitôt s'y replonger.

Le traiteur vêtu de blanc les regarde s'approcher sans appréhension. Il est capable de mettre un nom américain, vénézuélien, scandinave, suisse, sur chaque robe, chaque collier, sur tous visages masqués de hâle qui touchent terre devant son officine. Sûr de lui, sûr de ses suppôts obscurs qui âprement cuisinent et palabrent au profond de son empire, il disparaît, et soudain reparaît les bras chargés, dépose devant l'extase colombienne ou chilienne le long plat creux, le monceau de poisson blanc, la ferme rascasse, et surtout la langouste concassée et rose : une corbeille effeuillée de la Fête-Dieu.

Elles ne sont pas nombreuses, sur la Côte, les auberges qui, forcées – comme le chronomètre marseillais qui vous abattait son heure en quarante-cinq minutes – de « faire » leur saison en deux mois et demi, de sauver à la fois leur réputation et leur fortune. Le touriste fastueux – il y en a encore –, celui que la Provence nomme l'estrangier, peut les compter sur les doigts d'une main. Il y court, il en sort chaudement étrillé. Mais il y revient. Le mystère français de la nourriture lui est encore sensible, bien qu'il le corrompe par l'adjonction de l'alcool. Je l'ai vu à l'œuvre, l'autre soir, dans un de ces lieux méridionaux où tout est beau, la verdure irriguée, les arbres respectés, les servantes aux bras ronds qui, Dieu merci, n'ont pas le temps de maigrir, les buissons de menthe et de basilic mariés à la verveine citronnelle – et le géranium rosat entretient flottante une senteur marocaine...

A neuf heures et demie notre tablée de cinq convives était gentiment repue de petits melons à chair rouge, de poisson à chair blanche, de courges gratinées, de pêches, et nos verres encore illuminés de jeune vin – que ce tendron du pays devient donc difficile à trouver! –, nous regardions arriver les envahisseurs, ceux qui s'attablent passé les dix heures, et qui boivent avant de manger.

Il fallait bien que l'industrieuse auberge les satisfît. Elle leur mettait au poing, à tous, les mêmes gros verres moulés, frappés de torsades épaisses, dans lesquels passaient une rafale multicolore de pastis, de cocktails, de champagne. Des bonbons cubiques de glace tintaient, engourdissant pour un moment le feu des boissons...

N'ayant pas encore consenti à s'asseoir, des couples noués, debout, se prirent à danser vaguement sur place. Des femmes glapissantes briguaient l'étreinte, particulièrement, d'un star américain de cinéma, un homme entre deux ou trois âges, épaissi et alcooliquement heureux.

Ailleurs, j'ai fait une autre halte, dans une autre auberge, qui brille, au bord d'une route, comme une longue île bordée de fleurs et de lumières, derrière sa frange d'automobiles. Sur son seuil trône celle qui suffit à la prospérité de la maison, l'organise et la justifie : la patronne. Elle pèse son poids et l'étale, sachant que dans son beau et dur métier il n'y a pas d'autorité sans embonpoint. Son sourire équitable ne fait pas de jaloux, mais il ne se refuse pas l'ironie. Elle est concise, avec un peu de hauteur. « Poissons? Viandes? Les deux? » propose-t-elle. « Qu'est-ce que vous avez comme viandes? » lui demande un impertinent qui prétend se donner un petit air d'habitué... Elle le jauge et ne lui accorde qu'un mot : « Toutes », dit-elle. Le malappris, déçu, change de pied : « Plutôt du poisson... Mais qu'est-ce que vous avez comme poisson? » « Tous », répète la dame. Qu'elle est douce, et supérieure à cet homme qui cherche, sur son menu, quelque chose de « difficile »! Il élut la truite au bleu, et un ris de veau! La dame, miséricordieuse à sa manière, fit ajouter un peu d'authentique crème fraîche dans le jus du ris de veau. Quand même, le dîneur tatillon louchait à droite sur ma soupe de poisson, velours et feu, à gauche sur une crêpe pliée en quatre, joufflue d'un secret fondant et fromageux.

Chaque chose en son temps, chaque œuvre en son lieu. Versés à profusion, comme ils le sont là-bas, par des mains riches de savoir traditionnel, acquis au sortir du flot, pris tout frais à une terre potagère, tout vifs à une basse-cour, braconnés à même une pinède, fruits, poissons et gibiers de la Provence ne nous arrachent ici aucun des réflexes qui réprouvent, à Paris, l'exhibition de certains comestibles et leurs prix. Dieu! que nous sommes vite accessibles à la sauvage euphorie, prêts à chasser le cochon noir dans la forêt tahitienne, comme à déguster ce plat imaginaire qui, dans mon pays, symbolise et raille le comble du luxe, le plat de « fersues de caquesiau » – entendez, en patois, les foies de moucheron. Tout l'un ou tout l'autre : ou le crustacé hérissé de pattes et passementé de corail, ou bien nous casserons la croûte bien aillée, bien huilée, au bord de la route. Transplantons-nous donc, tournons notre volant sur le cadran de la France, et nous ne sommes plus reconnaissables, tant nous accédons aisément à la prodigalité. Sous le figuier, sous l'azur du plumbago, parmi le poivron, l'oursin et le saladier de bourride, paraissez, prélassez-vous, loups à mille francs la pièce, gibier clandestin sur canapé, paraissez au vu et au su! Rien de ce qui se consomme ne nous fait honte. Rien n'est trop beau, trop bon pour glorifier – une fois en passant, qué? – le faste naturel qui nous entoure, quitte à y renoncer quand nous serons forcés de réintégrer le long malaise alimentaire qui nous est, depuis si longtemps, infligé durant trois saisons sur quatre.

Il faut toujours revenir. Il faut quitter ce qui est aimé et mérite de l'être, aussi bien ce qui nous émeut que ce qui nous prête à rire, par exemple le chien basset de qui l'appétit ne s'éveille que parmi les éclairs et le tonnerre d'une fureur qu'il simule; il faut ne plus attendre un pas, une visite matinale, ne plus écouter les prouesses de la petite artiste qui, à huit ans, montre, tant à l'écran qu'à la scène, son expérience et ses états de service de vieux routier...

C'est en ma présence que s'engage un débat affectueux, que se discute mon incommode retour à Paris : « Non, pas le train. Tout plutôt que le train pour elle. La chaleur... Et cette longue crise qu'elle subit... L'auto, n'y pensons pas. – Pourquoi? – Trop long. Pas assez confortable. – Bon. L'avion alors. – Ah! je n'aime pas beaucoup l'avion pour elle... – Mais elle, qu'est-ce qu'elle préfère? – Elle ne l'a pas dit... »

Elle ne dit rien. Elle n'a pas entendu, elle lit. Elle se retient de rire. Mon meilleur ami me regarde – que dis-je? il me jauge. Où calera-t-on au mieux l'objet qui tantôt se prête à tout, et tantôt réagit avec intolérance? Dans quel panier enfermer ce gros chat, le long de mille kilomètres? Mais le chat en a décidé à part lui, l'objet s'est donné le plaisir de trancher le débat, et de choisir l'avion. Il est doux d'assumer parfois une âme de juré président, dont le vote compte double dans l'urne...

La chaise roulante, sur le terrain de l'embarcadère, puis la bonne étuve d'avant le départ, un couffin de journaux, une pincée de coton hydrophile pour calfater les oreilles, le petit carton-déjeuner et la fiole de vin, il me fallait bien tout cela dans Air-France, car je m'ennuie en avion. Rien n'est à mon gré là-haut sauf la vitesse. « Regarde, nous avons encore un bout de mer à franchir... Regarde, ce ruban de route, est-ce que ce n'est pas justement le trajet que nous avons fait la semaine dernière... » Foin du trajet, et du nuage imprévu, que nous transperçons soudain comme un cocon.

J'avoue mon inaptitude. Déjà, sur le parcours de Toulouse-Fès-Toulouse, j'ai appris que dominer n'est pas mon lot. Ma poésie est à ras de terre. « Regarde, tu sais que nous passons au-dessus de ton pays natal ? » Et tu crois, mon compagnon, que je vais reconnaître mon pays natal dans cette brume fuyante, croisillée de routes, quadrillée de champs, fendue d'un grand éclair d'eau dont tu me dis que c'est l'Yonne ? Ne l'espère pas. Une chose est sûre. Si la fantaisie malicieuse qui gîte au cœur, toujours impénitent, des septuagénaires m'inspire, si je dois ensemble compter avec l'impotence et l'esprit de curiosité qu'elle engendre, je ne veux plus recourir qu'à l'avion, économe de mes heures. Pendant qu'il me porte je l'oublie, sa fonction magique est de supprimer les parcours. Ainsi nous ne touchons que le point de départ et le but lointain, accouru subreptice au-devant de nous. Ma poésie est à ras de terre. Mais tu la détiens, avion, qui seul peux descendre... Ta descente, et non ton irruption dans le désert des nues, m'enchante. Quatre heures, il ne te faut que quatre heures pour rassembler sous tes ailes une petite France, effacer ses villes, écraser ses monts. J'atteins la plus grande merveille : ma chambre rouge et blanche, mon lit sur lequel naviguer, mon fanal bleu comme un clair de lune de théâtre : tout cela, et je l'ignorais, est à quatre heures de Nice.

Notre première rencontre date – 1894 ou 95? – d'un déjeuner chez Catulle Mendès. Dans une pièce que traversait le soleil, l'heure de midi cernait de lumière une longue silhouette de jeune femme mince, un peu penchée, tirée en avant par le fardeau qu'elle portait, et qui était un très beau et pesant enfant de dix-huit mois ou deux ans. Blond comme l'été, il fixait sur moi ses yeux sombres, sérieux, hérités de sa mère.

Cet enfant magnifique, qui avait été bien près d'ôter la vie en naissant à une mère si frêle, ce lumineux enfant mourut d'une méningite avant ses trois ans révolus, après avoir lutté contre la mort avec une force déjà virile. Nous sommes peu nombreux à nous souvenir qu'il a brièvement existé. Et je crois que Moreno – beau nom sévère élu par Marguerite Monceau – n'a guère parlé de lui qu'à des contemporains qui ont, comme moi, entrevu son fils fugitif, trop tôt prodigieux.

Chez Catulle Mendès, je ne donnai pas assez d'attention au café, délicieux, qu'il préparait de ses mains sur la table, ni au couplet antisémite qui valait toujours à Mendès un succès d'humour. Je n'eus d'yeux et d'oreilles que pour la longue jeune femme. Son esprit, la parole qu'elle eut toujours aisée et brillante, un timbre de voix que l'oreille recueillait avec gratitude, le blanc sans nuances de son teint, une grande chevelure châtaine, çà et là dorée... Je revois aussi son chaud regard, agile et droit, qui méprisait la coquetterie. Tout, en elle, humiliait, enchantait la provinciale dépaysée que j'étais encore. Dès ce premier déjeuner, j'admirai, j'aimai Marguerite Moreno. L'étonnant est qu'elle me rendit mon affection. Nous étions toutes deux assez jeunes – majeures depuis peu – pour que notre amitié s'empreignît de la fougue dont se grisent les amies de pensionnat. Durant que Mendès assumait au *Journal* la chronique théâtrale, il nous emmenait toutes deux, souvent, dans sa loge de critique. Je me faisais petite entre le plastron froissé de Mendès et le beau col mélancolique de Moreno. Un soir qu'il nous invitait au music-hall...

– Tu vas voir, me dit Marguerite, une curieuse petite créature, qu'un directeur devrait arracher à elle-même, à un tour de chant imbécile. Jusqu'à son nom d'affiche qui est ridicule. Mais elle est d'une si gracieuse laideur, et elle a l'air d'inventer ses danses...

Sur la scène de la Scala, Polaire tournoyait comme une mouche prisonnière d'un rayon. Elle n'avait pas encore coupé ses cheveux châtains – châtains et non noirs. Sa robe de scène, sa robe parfaite de « gommeuse » manifestait le goût et l'invention de Madame Landolff, costumière qui n'a pas été égalée. Une jupe ample, courte, assez terne, tenait secret, au repos, son envers tout entier brodé, concentriquement, des couleurs de l'arc-en-ciel. La moindre frénésie de la petite chanteuse – qui, à la ritournelle, dansait les bras roidis et les yeux fermés, comme une femme qui choit en songe – déployait autour d'elle, autour de ses jambes de dentelle noire, les sept couleurs resplendissantes. Ses cheveux, dressés et tordus en houppe de clown, découvraient des oreilles ravissantes, que les cheveux courts, plus tard, cachèrent...

Madame Landolff prenait plaisir à lui créer des robes, dont aucune ne semblait destinée à un numéro de music-hall. Je vois une robe de dentelles blanches, en écume épaisse sur cette statuette brune. Je vois une étrange merveille, une soie crissante qui imitait le papier, d'un vert sombre et changeant, entaillée de cent petits volets que la danse feuilletait sur un fond rose acide; une robe mate couleur de terre cuite jalousement assortie à l'épiderme qui semblait nu, à quelques plumes violettes près...

– N'est-ce pas? disait Moreno. Elle ne ressemble à personne. Elle n'est peut-être qu'une apparence...

Car Moreno elle-même ignorait alors quelle main exigeante entraînerait vers le théâtre Polaire dansant et chantant, environnée d'arc en-ciel.

Mes souvenirs de Marguerite Moreno, j'entends les plus anciens, je les perds, les retrouve, notre vie à toutes deux les disperse, les rassemble. Elle voyagea, je ne bougeai guère. Nous nous mariâmes, nous démariâmes, nous remariâmes. Elle habita les régions pures de la poésie, s'essaya en Argentine à une pédagogie supérieure; je jouai la pantomime à l'Apollo et ailleurs. Après des périodes de silence dont je pouvais tout craindre, deux lettres échangées nous replantaient d'aplomb au sein d'un attachement intact. En quittant l'Argentine elle reparut dans une de ces déplorables pièces de Bataille que sauvaient leurs interprètes, Bady, Yvonne de Bray, Huguenet...

Elle reparut au Vaudeville dans *Le Phalène.*

Le soir, je hissais mes flancs lourds de femme enceinte jusqu'à la loge de Moreno, qui me prodiguait par menus éclats les couleurs, les saveurs, les aventures et les déceptions de son voyage en Argentine : « Oui, mon vieux, le premier soir, avec autant de bruit qu'une batteuse à blé, il tournoyait dans ma chambre, le papillon gros comme un vautour, avec du feu plein le nez... Tu entends d'ici mes cris? » Elle savait le prix que j'attachais à une forte description, à un grossissement dont je me délectais, et nous nous traitions de « mon vieux » comme des écoliers de la communale.

Je trouve étrange aujourd'hui que le temps où Moreno, accrue d'embonpoint par le climat argentin, féminisée, le sein, la joue arrondis (elle montra, dans *Le Dieu vert,* des jambes hautes et superbes), ait été celui où elle perdit son prénom charmant et romanesque. Le public disait : « Moreno ». Ses amis, ses fanatiques – elle en eut toujours – disaient : « Moreno », nom noir qui seyait à sa blancheur sans ombre, à son regard d'hidalgo. Quand la célébrité se saisit d'elle, quand le public illimité du cinéma s'engoua d'un don comique tranchant et mesuré, la délicate gratitude des foules lui restitua son joli prénom. Dans tous les endroits publics, on le lui jetait au visage. « Marguerite... c'est Marguerite... » Intimidée plus qu'elle ne voulait le paraître, elle battait des paupières au choc de cette fleur.

Après Marcel Schwob qui l'aima sans mesure, elle épousa, pour quelques années, l'acteur Jean Daragon, à qui une barbe postiche conférait l'élégance virile du *Maître de forges,* ou l'hirsute poésie du *Chemineau.* Un mauvais état de santé écarta Daragon de l'ancienne guerre, et jamais protection féminine ne se fit aussi légère que celle de Moreno, vigilante au-dessus d'un homme fragile camouflé en mâle robuste. Elle se moquait de lui avec assez de virtuosité pour que, sous la raillerie, il ne discernât ni l'inquiétude ni la pitié. Mais elle ne put l'empêcher de mourir, même en l'emmenant à Nice où elle soigna des blessés de guerre. Que n'ai-je gardé toutes les lettres qu'elle m'écrivit de l'hôpital...

« Je continue ma besogne, parmi mes amputés des jambes, qui sont gais, mes amputés des bras qui sont tristes. Au bout de peu de temps, mes sans-jambes dessinent, écrivent, fabriquent des petits jouets, se traînent par terre en culs-de-jatte, font mille blagues. Tandis que les sans-bras deviennent sombres : c'est une grande humiliation, peut-être la pire, pour un homme, que de ne plus pouvoir faire pipi tout seul. »

De longs mois de la longue guerre nous virent fidèles toutes deux à Paris, et voisines. Elle habita un rez-de-chaussée moderne, rue Jean-de-Bologne, et moi rue Cortambert dans un chalet suisse. Annie de Pène, tout au bout de la provinciale impasse Herrent, habitait une maison villageoise à petit perron. Musidora avait récemment emménagé, dans une enclave de la rue Decamps, une de ces garçonnières à eau chaude, à chauffage central, à salle de bains « tout installée », à pièce unique, propre à humilier nos chancelants immeubles du vieux Passy. Quand le ciel, à la nuit, se peuplait de zeppelins, Musidora couchait rue Cortambert sur un petit lit de fer, et dans le jour elle faisait le marché et cuisinait. Je balayais et lavais. Quelle bonne escouade de femmes ! Pour essorer les draps qu'on savonnait à la main, nous les tordions, cravatés au col d'un gros robinet de cuivre, et Marguerite Moreno, la cigarette aux lèvres, répandait sur nos besognes ménagères la bienfaisante rosée des nouvelles fausses ou vraies, de l'anecdote, des prédictions... Annie de Pène connaissait une porte cochère sous laquelle un homme de la campagne vendait des poulets, les jetait à la volée : « Eh hop, la petite dame ! Passez les quatre francs cinq sous ! »

Le plus difficile était de nous séparer le soir. De ce temps noir date la ferveur qu'inspira Moreno à Annie de Pène, à sa fille Germaine Beaumont, à Musidora. Réconfort de la belle parole, du vers onduleux, du paysage lointain, magiquement évoqué ! Dans l'ombre de Moreno se tenait Jean Daragon, volumineux, le souffle court... Mon petit jardin fleurissait par habitude et répandait, arrosé, son odeur de jardin. Ma fille toute petite prospérait dans le Limousin épargné; les plus belles pêches de Paris coûtaient cinq sous.

Moreno ne fit pas d'ingrates dans notre phalanstère du XVIe arrondissement, où elle était puissante à semer la graine miraculeuse du rire, le rire des drames, le fou rire nerveux des guerres, l'insolence qui se dresse contre le danger proche, le jeu de mots excitant comme une gorgée d'alcool. Par les nuits sans brise, le hoquet du canon nous parvenait, distinct, de l'est. Il avait de quoi faire tomber la conversation, cet ébranlement profond et intime, transmis, par des lieues d'air secoué, jusqu'à notre quartier désert et aux aguets. A court sans doute de gaieté verbale, il arriva, une nuit, que Moreno s'empara du rythme de la canonnade, de ses temps forts et de ses temps faibles, claqua des doigts, des talons, improvisa sur place une parodie de danse espagnole, et d'un tour de hanches et d'un roulement d'yeux ramena parmi nous le rire, l'inconscience du danger, la saine impertinence et la témérité des héroïnes. Pierre Fresnay n'a sûrement pas oublié qu'après la guerre, nous finissions un soir, vers minuit, Marguerite, lui et moi, de jouer *Chéri*, à Marseille? Moreno brillait d'imprévu, respirait l'air anisé de la Canebière, enseignait à Fresnay la joie des nomades. Elle le laissa tout moulu de rire, tout ébloui de son grand regard, de sa fantaisie improvisatrice... Je revois la petite braise haletante de sa cigarette qui ne s'éteignait presque jamais – « Marguerite, tu fumes trop » –, son loyal appétit qui prisait le foie gras et le boudin des brasseries – « Marguerite, tu te feras mal! ». Les dons d'elle-même, y compris la gravité soudaine et l'ample musique de l'alexandrin, les magies bonnes à charmer toutes bêtes, j'en reçus le bénéfice pendant un demi-siècle. Je les reçus intermittents. On ne peut pas toujours avoir la chance de jouer Léa dans *Chéri*, quand Madame Moreno consent à y interpréter le rôle de Charlotte Peloux... A Bruxelles, comme ailleurs, son nomadisme authentique me donnait des leçons. Elle me regardait de haut ranger une table à écrire, planter trois fleurs dans un vase, disposer sur une assiette le gros raisin insipide et frais... Dans sa chambre elle avait déjà entrouvert une valise, suspendu le manteau écossais, jeté sur la table le journal et le paquet de cigarettes. En entrant chez elle je disais : « Ça sent déjà Marguerite Moreno! » Car une fragrance personnelle, à laquelle mon excellent odorat fut toujours très sensible, signalait Marguerite. Rien d'axillaire, rien qui vînt de la sueur humaine – « Je suis plus sèche qu'un cotret », disait-elle –, rien qui s'aidât d'une essence ou d'une lotion.

La place où je lui donnais le baiser de bienvenue, sur le cou, au-dessous de l'oreille, embaumait, outre le tabac bien fumé, un parfum épidermique invariable et captivant. Hommes, qui fûtes nombreux à éprouver pour Marguerite un violent amour, vous n'avez pu ignorer, vous n'avez jamais oublié l'odeur qu'exhalait une peau noble et douce, blanche avec un reflet d'ambre errant sous sa blancheur !

Une chambre d'hôtel, et non la meilleure, une valise, ou deux valises, un manuscrit, un volume, deux volumes de vers, un manteau, *le* manteau en tartan réversible, qu'elle prêtait à qui en avait besoin – il nous garda, mon meilleur ami et moi, d'une averse de grêle qui cinglait notre voiture découverte –, de cet austère bagage elle tirait, de par sa seule volonté, des effets comiques. Parfois un soulier d'or ou d'argent, en scène, dépassait l'ourlet de sa jupe, chaussait un pied digne du vair et de la soie, un pied sans défaut né pour la liberté, la nudité, la fraîcheur des dalles, un pied comme celui de M'Barka, la danseuse chleuhe du pacha de Marrakech...

Hors de Paris, nous avons pu parfois, Moreno et moi, ne pas nous quitter. Pierre Moreno interprétait dans *Chéri* le rôle de Patron, le professeur de boxe. Entre-temps il épuisait en chansons patoises sa nostalgie gasconne, au gré d'un timbre charmant de ténor... Nous aimions Bruxelles, l'or de la Grande Place, la bonhomie de l'activité belge, la bière, le café, le savoureux pain belge en tartines beurrées, et au bord de cette grande brasserie, vous savez bien, *Les Trois...* je ne sais plus quoi, nous savourions une oisiveté bohémienne, assis et baignés par le fleuve des passants...

Cette vie-là n'enrichissait pas Moreno. Plus tard, le cinéma s'avisa que Marguerite valait qu'on lui offrît une fortune. Elle l'accepta avec une sérénité désabusée. Elle eut des domaines, une « Source bleue » qui est prodigieusement bleue, un castel ancien, une abondance terrienne et familiale qui sans doute lui eût suffi... Comment supposer que le premier semestre de 1948 pût être le dernier de sa vie? Selon ce qu'exigeaient d'elle le cinéma, le théâtre et le cabaret après minuit, elle campait dans un hôtel batignollais, puis avenue de l'Opéra. Me sachant dès longtemps entravée, elle surmontait sa propre fatigue, longeait un bout de l'avenue de l'Opéra, empruntait par amusement un des petits passages du Palais-Royal, gravissait mon étage et demi, entrait parée de ses attributs : la cigarette, le chapeau de feutre incliné sur l'œil, le manteau couleur de crépuscule et de pluie... Ah! que je lui savais gré d'être toujours pareille à elle-même, prête à partir et à repartir, surmenée, pleine d'endurance... Que j'aimais son mouvement incessant qui, au vrai, ne me séparait pas d'elle, sa fidélité à m'écrire de loin, son entêtement à travailler qui semblait la préserver de vieillir... Je feignais une enquête sévère :

– Marguerite, j'exige des aveux complets! D'où viens-tu?

– De Courbevoie. Je tourne.

– Tu tournes quoi?

– Moins que rien, naturellement. Et j'avais matinée à l'A.B.C.

– Tu as faim? soif?

– J'ai déjeuné dans le taxi. Mais ce soir, sois tranquille : casse-croûte au foie gras et champagne.

Si toutefois j'ai le temps. Parce que je joue deux fois à l'A.B.C., et j'ai promis de retourner à Courbevoie...

– Quand?

– Dans... dans dix minutes. Après, tu sais bien que je dis des vers chez Tonton à minuit.

– Tu tires encore combien de soirs chez Tonton?

Elle me jetait sa belle main sur l'épaule, et en plein visage son regard qui se faisait doux :

– Ah! Macolette, je voudrais que ça ne finît jamais! Le cabaret, je le sais maintenant, c'est une chose unique. Songe donc, j'en suis à leur apprendre Verlaine. *Ils* ont absorbé Baudelaire comme une boisson inconnue. Si tu les voyais... Des types venus là pour le champagne, pour la rigolade... Avec Hugo, avec Delavigne, je les ai eus jusqu'au trognon, c'était du travail relativement facile... Mais les amener à Baudelaire, à Verlaine... Qu'on ne me pousse pas, ou je les apprivoise à Mallarmé! Je suis assise là, dans leur chaleur, dans leur odeur, leurs genoux font place – et pas toujours! – à mes genoux, en allongeant le bras je leur demande du feu, je pêche une cigarette dans l'étui qu'ils me tendent... Tu te rends compte, les entendre gueuler, et puis les voir se taire, les sentir écouter... C'est le parvis, la foule qui presse celui qui parle...

Elle abaissait orgueilleusement ses paupières, avec une réserve que j'ai maintes fois, et pour moi seule, assimilée à la sensualité. Maintenant qu'elle ne sera plus jamais près de mon lit-divan, plus jamais au sein du chaud cabaret de Tonton, pourquoi priverais-je mon lecteur d'un trait entre cent, quand je m'essaie à un portrait de Marguerite? Cette chute des paupières, qui lui servait à interrompre une phrase, à dérober une partie de sa pensée, c'était un des rares, un des brefs mouvements qui m'ont paru rapprocher, d'une signification voluptueuse, le grand visage blanc et sévère de Moreno.

Ayant courageusement ri, m'ayant fait rire, elle s'enquérait de l'heure, se hâtait de refermer son manteau, se hâtait de gagner la porte après avoir incliné sa haute taille au-dessus de mon radeau pour que je puisse baiser, sous son oreille, la fragrance de Marguerite. Mais elle n'oubliait pas, avant de sortir, d'indiquer sur elle-même le siège d'un mal : « Garce de jambe... et cette sciatique... »

Peut-être voulait-elle ainsi empêcher que ma quasi-impotence n'enviât ses beaux pieds effilés, capables encore de descendre, de monter sans aide l'escalier du Palais-Royal.

Elle aimait me voir seule à seule. Elle aimait voir seule Madame Brisson, ou telle et telle de ses filles. Elle aimait voir Jeanne Roze sans moi, et Pierre Blanchar à l'écart des tiers. Je ne saurais nommer ceux que l'affection de Marguerite Moreno isolait dans le tête-à-tête, je crois que je ne les connus pas tous. Eux-mêmes, comme moi, se montraient jaloux des moments qu'elle répartissait entre nous. Il nous fallait Marguerite Moreno entre notre fenêtre et notre cheminée, le fameux – il l'est devenu – chapeau de feutre rabattu sur l'œil, son sac usagé, ses cigarettes, sa voix infatigable. Je regrettais, quand elle la quittait, la coiffure qu'elle imposa si longtemps à tous ses rôles, des cheveux d'homme correct, bien taillés, épousant étroitement la forme de sa tête. Une chaîne d'or à maillons larges tintait à son poignet. Que pourrais-je recueillir encore sur elle, qui dédaignait les détails de parure ? Une bague? Probablement. Mais la main empêchait qu'on vît la bague, la main dont un peintre exagéra inutilement la longueur, la finesse, au musée du Luxembourg. Je pardonne au peintre Granier en faveur de la ressemblance : voilà, en plus innocent et dépouillé de ses arrière-pensées, voilà le visage de Marguerite Moreno entre la vingtième et la vingt-cinquième année.

Je crois qu'elle souffrit, à l'extrême et sans presque s'en plaindre, de la vie des studios qui est cruelle aux corps et aux cœurs sensibles, en ce qu'elle confronte l'un à l'autre des êtres particulièrement faits pour ne se point mêler – brutalité que n'a pas encore acceptée la vie des coulisses théâtrales. Respectée de tous, Marguerite se retranchait, comme elle pouvait, pendant les heures oisives du travail en studio, derrière les journaux déployés, la somnolence ou le repos simulés. Sa parfaite politesse, qui s'interdisait toute rebuffade et même toute marque d'impatience, je suis convaincue qu'elle n'allait pas sans effort. J'ai souvent essayé de la questionner sur ces journées qu'elle commençait à l'aube dans une banlieue, ces répétitions de travail au cours desquelles l'on extrait d'un rôle, comme le bourbillon d'un mal blanc, une courte phrase que « le son » tâte et retâte, dont il éprouve l'aloi, qu'il ressasse jusqu'à une incompréhensible, une indiscernable perfection... Car l'ignorance où je suis résolument restée, touchant l'écran et ses techniques diverses, fait de moi non seulement une personne d'âge, mais une personne, comme on dit, d'un autre âge.

Marguerite me répondait peu ou mal. Elle secouait la tête, avec douceur. « Tu ne peux pas t'imaginer ce que c'est que la vie d'acteur, ou d'actrice de cinéma. Non, je te dis. Je l'ai acceptée, je n'ai ni à récriminer, ni à l'expliquer. Laisse, Macolette. »

J'ai parlé déjà de ses domiciles successifs, du don d'imprégnation qui les faisait siens en dépit de leur banalité initiale. Il semblait que le seul hasard les lui désignât. Rue Jean-de-Bologne, rue Saint-Louis-en-l'Ile, rue Notre-Dame-des-Champs, boulevard du Montparnasse... Mais ils devenaient dignes d'être habités par elle dès qu'elle les habitait. Je ne suis pas sûre qu'elle les aima, c'est moi qui m'attachais à eux. Quels bienfaits n'ai-je pas reçus d'un logis de Moreno place Pereire, en un temps où j'avais grand besoin de secours moral et n'en acceptais que de Marguerite... Je gravissais l'escalier, je sonnais à l'entresol. Il me souvient d'un coffre espagnol revêche, d'une table ronde, d'un couvert que bousculaient des livres, des livres que refoulaient un robuste fromage, un foie gras ou une charcuterie venus du Lot... Le soleil était du bon côté. La tarte aux prunes venait de la pâtisserie contiguë. « Prends une assiette, Macolette. – Je n'ai pas faim. – Si, tu as faim, prends une assiette. Ce que tu as, ça se soigne par la nourriture. Assieds-toi. Je vais te raconter ma vie et mes miracles. »

Qui donc occupe à présent ce logis bas de plafond qu'a déserté, sinon le rayon, du moins la puissante, l'efficace présence? Marguerite Moreno le quitta comme elle délaissa les autres, sans élan et sans amertume. Je crois qu'elle se plut à sa dernière halte parisienne – j'omets les hôtels – boulevard du Montparnasse, au voisinage de la flambante Rotonde, à la chaleur des brasseries multicolores, la familiarité et la déférence ensemble qui sur les larges bordures de l'avenue escortaient, portaient, saluaient Marguerite Moreno.

Auparavant, elle avait hanté le ciment gris d'une sorte de caserne neuve, et vers 1900 – avec Marcel Schwob – les boiseries anciennes, la froide élégance d'une maison de l'île Saint-Louis. Elle ne craignit pas le blanc crémeux, le bourgeoisisme étroit de la rue d'Argenteuil. Peu de mois avant sa fin, elle me vantait la bonhomie, les provinciales ressources d'une pension de famille batignollaise. Elle les vanta aussi à Pierre Moreno, qui s'inquiéta, accourut de Touzac et trouva Marguerite dans un des hôtels dont Paris garde le secret, auquel ne manquait ni le salon à franges-boule, ni un grand jardin, triste à ravir. Il usa de persuasion, d'autorité, et réussit à conduire Marguerite loin du romantisme, au sein d'un confort plus moderne. Mais elle s'en plaignit à moi, et la sollicitude de Pierre Moreno n'empêcha pas qu'au départ de Marguerite, ses hôteliers affectueux fussent humides de larmes sincères. « Je serais bien restée encore un peu pour leur faire plaisir, me confia-t-elle. Ils étaient si gentils. » Que j'aimais la faiblesse, çà et là, d'un être qui par ailleurs semblait mesurer, du même regard dominateur, les périls de la solitude et ceux de la vie à deux...

J'eus la joie d'applaudir Moreno dans *La Folle de Chaillot*. Une vive crise d'arthrite me fit craindre jusqu'au dernier moment de devoir rester chez moi. Mais des volontés amicales me convainquirent, me soutinrent. Jouvet me donna son avant-scène, mon meilleur ami son bras, une inconnue son épaule inopinée et providentielle, dans le couloir des baignoires, juste comme j'y fléchissais... J'attachais beaucoup d'importance à cette soirée. Paris bientôt montra encore plus de souci, encore plus d'empressement que moi. Mais je trouvai à l'Athénée exactement ce que j'escomptais : la virtuosité, l'abondance giralducienne et ma propre tiédeur. Je n'eus point de passion pour le texte : il me fut loisible de me consacrer aux décors du peintre Bérard, à ce goût irrépressible que j'ai pour Jouvet, à l'absolution entière que j'ai besoin de lui donner en paiement de ses inventions, de son arbitraire tyrannique. Enfin je pus ne contempler – j'y arrive – que Marguerite Moreno occupée à créer sous nos yeux le rôle de La Folle. Tant d'apparente liberté, un oubli du public si parfaitement imité, l'emploi d'une souveraine voix distribuant, aux maîtres mots d'une phrase habile, leur juste part de sonorité et de rythme, les audaces d'une coquetterie de cavale empanachée, bref l'orchestration du rôle par une artiste incomparable avait de quoi nous confondre et nous confondit en effet.

De mon avant-scène ombreuse, je tendais vers Marguerite ma lucididé, mon indiscrétion la meilleure, une attention critique d'habilleuse ou de régisseur.

Je ne fus pas longue à me rassurer. Sous l'enduit charbonneux et blanc de craie, sous l'oripeau, une grande artiste nous observait, une musicienne sûre de son oreille faisait son profit de notre silence comme de nos applaudissements. Toute crainte envolée et contentée ma fierté, j'ai pu, dès ce soir-là – la cinquième représentation, je crois – supputer le long succès de Moreno, la prospérité de l'Athénée.

Que je ne goûtasse qu'un plaisir trop lucide, on

me passera pour une fois un divertissement de littérateur, et je n'aurais pas échangé ce soir-là ma tiédeur contre aucune sorte d'enthousiasme.

Celui qu'inspira Moreno dans son rôle devait ne pas faiblir avant des centaines de représentations. Je n'ai pas toujours aimé que le public y mêlât la considération qu'il voue aux performances athlétiques, qu'il estimât « écrasantes » les quelque dix-huit cents lignes dévolues à La Folle. Traversant inquiétudes et ovations, Moreno poursuivait, triomphait une fois, souvent deux fois par jour à l'Athénée, trouvait le temps de me venir voir.

– Mais tu n'as même pas l'air fatigué! admirais-je.

– Pourtant je le suis, dit-elle. Les escaliers à gravir, à descendre... L'air sec, qui est pénible à la gorge, les longues stations debout en scène...

Je l'interrompis d'un geste qu'elle comprit :

– Ah! oui, la fatigue de mon rôle... Macolette, dis-toi bien que si je n'ai pas l'air fatigué, c'est que je ne suis pas très fatiguée. Je fais une chose qui ne m'est pas difficile. La Folle est un rôle très long, excentrique et sans secrets. Il ne comporte aucun mystère de psychologie, donc n'engendre pas d'épuisement. Veux-tu toute ma pensée? A qui la dirais-je sinon à toi? J'ai idée que le rôle pourrait être joué par n'importe qui. Seulement...

Elle s'interrompit pour ouvrir son sac, murmurer rituellement : « Ma clef... J'ai perdu ma clef... Non, la voilà. J'ai laissé mon argent sur la cheminée... Qu'est-ce que j'ai encore fait de la lettre de Pierre... »

– Seulement, reprit-elle, ça ne se sait pas. Réflexion faite, il vaut mieux qu'en dehors de nous deux ça ne se sache pas.

Dépositaire infidèle de cet étrange aveu, empreint de modestie outrée, de fantaisie mystificatrice, je le dis à présent, je le crie, mais il n'a plus son ton de confidence, son commentaire de regard. Elle me l'avait laissé un jour qu'elle s'en allait sous l'aile de son feutre marron, ou beige, ou peut-être aubergine...

Je ne suis pas retournée entendre *La Folle de Chaillot.* Moreno venait parfois m'en donner des nouvelles et n'oubliait pas de se moquer d'elle-même :

– Toujours le triomphe, Marguerite ?

– Toujours. Entre les représentations, on m'apporte des enfants à bénir.

Suivait quelque anecdote qui la ramenait, qui nous ramenait vers son passé. Un croquis de sa mère – de qui je me rappelle la malveillante, la persistante beauté – prenait sur ses lèvres le mordant des esquisses géniales. Grimée pour certains films comiques, soudain Marguerite ressemblait à sa mère (dans *Les jeux sont faits,* par exemple) avec une force, une majesté qui me déconcertaient. Lorsqu'elle fut, dans *La Dernière Nuit de don Juan,* l'Ombre blanche, on vit pour la dernière fois, entre les plis d'un voile serré étroitement, on vit la beauté lumineuse sur des traits qui depuis longtemps la dédaignaient.

Je cherche autour de moi Marguerite Moreno. Quand elle était vivante, nous pouvions nous passer longtemps l'une de l'autre. Un coup de téléphone, un échange de lettres rendaient à l'espace d'air qui nous séparait sa sonorité, sa limpidité. Mes confrères, ses amis et ses admirateurs m'ont donné un bien amer plaisir en multipliant, dans les journaux, des effigies que je ne connaissais pas encore. Me voilà pourvue, sauf d'elle.

Il lui était venu, depuis peu, une petite-nièce.

Elle n'avait pu cacher son étonnement, sa grave émotion, à la vue d'une fleur humaine pleine de santé et d'intelligence. J'en juge par ses dernières lettres, où paraissent une gêne tendre, un esprit de contemplation orgueilleuse, et jusqu'à une licence, neuve chez Marguerite, d'accueillir le nom et l'idée de l'avenir, suggérés par un petit enfant rayonnant. Tout cela encore réticent, entaché d'une sorte de timidité à parler du futur, du stable, à accepter que tout devînt désormais facile. Elle n'eût pas aliéné sans hésiter l'emploi lyrique et vagabond de son extrême automne. Ses lettres, qui sont d'un écrivain expert au choix des mots, chérissent encore les projets, mais n'était-ce pas, pour elle, le plus émouvant projet que de renoncer à l'aventure? Un peu de prudence, un printemps moins glacé, et Marguerite Moreno serait encore parmi nous. Ou bien, à quelque cent lieues d'ici, elle préférerait, aux vieux liens de son art, une source étrangement bleue, des vignes et des terres soignées, une famille accrue... « C'est cette année que tu viens me retrouver, m'écrivait-elle, tout a tellement changé depuis ta première visite! C'est cette année que tu viens enfin habiter mon beau paysage... »

Elle a sans doute suspendu sa phrase, arrêté les yeux sur son domaine, sur les joyaux bleus qu'émouvaient, dans l'eau de la source, les véloces poissons à dos noirs, tendu l'oreille vers une voix d'enfant très petit. Mais cette fois-là encore, elle n'a pas osé écrire « foyer » au lieu de « paysage »...

Une hysope, Monsieur, je crois que c'est une hysope, cette ramille déjà sèche et encore odorante, presque aussi délicate que les cristaux de la neige. Mais je ne garantis rien. Parce que j'ai publié chez Mermod un petit livre qui tutoie, interprète ou déforme quelques plantes, je ne mérite pas que vous le compariez à *La Botanique des dames*, ouvrage excellent où l'on voit, tous volants épanouis, les châtelaines traquer le champignon en escarpins de prunelle, et les papillons agoniser sous des doigts gantés de blanc...

Oui, j'incline à croire que c'est une hysope. Partie du camphre pur, sa senteur traverse deux ou trois parfums chastes légèrement capsicants, comme la lavande et le romarin, avant d'aboutir à... eh! mon Dieu, à l'hysope. *Hysopo et mundabor...* Voulez-vous qu'au téléphone je vous chante un bon bout de la messe en latin? J'en suis capable. Vous n'en croiriez pas vos oreilles, Monsieur qui avez le bon sens de taire votre nom, acceptez donc pour hysope la petite plante de bonne odeur, et moi je la tiens pour un des présents qui s'envolent d'une lettre, roulent hors d'une feuille de chou, d'une boîte à produit pharmaceutique, bref un de ces présents sur lesquels je ne me blase pas. Aujourd'hui, avant le vôtre, j'ai déjà reçu, de S.E. Brahim el Glaoui, un flacon venu de Marrakech, empli de l'antimoine gris, tendre et pailleté dont je ne sais s'il faut l'appeler kohl, koheul ou mokoheul. Qu'importe l'orthographe, puisque me voilà munie du fard qui est un pansement, qui garde les paupières de rougir, permet d'affronter, soleil ou lampes, la lumière et l'air poussiéreux, bref, l'antimoine que l'Orient glisse entre les paupières des nouveau-nés?

Pendant de nombreux lustres, j'achetai fidèlement mon koheul chez Bichara, « parfumeur syrien », un homme svelte et sombre, de qui la poignée de main était si sèche et si douce! Il vendait de chauds parfums, une argile à laver les cheveux, des savons moulés en petits cylindres, d'aspect comestible. Je me souviens qu'il n'oubliait jamais de toucher du bois quand il me demandait des nouvelles de ma fille toute petite, pour la protéger d'un mauvais sort. Il parlait très bas, d'une voix exténuée, et toussait d'une toux discrète, qui discrètement l'a mené au tombeau... Un homme enveloppé d'une distinction physique qui donnait à son commerce les attraits d'une alchimie divertissante. Aussi laisse-t-il une fille poète.

C'est à une Oranaise, Madame la Générale C... – elle avait épousé un camarade de promotion de mon père, un jeune et beau capitaine C... – que je dois l'usage quotidien de l'antimoine. Juive convertie, la générale m'enseigna quelques bonnes manières de harem, entre autres l'habitude, le besoin du kohl. Veuve, elle restait fidèle à mainte coquetterie africaine, au bigoudi, aux chapelets en perles bleues, en crottes de gazelle, aux fétiches conjurateurs, bien qu'elle ne manquât pas la messe dominicale. A Paris, où je passai trois semaines chez elle, je fus prompte à aimer le couscous, et les grasses sucreries oranaises.

Pourtant je n'osai pas solliciter de Sido un second séjour parisien, ni raconter à ma mère qu'un matin, à Paris, j'avais surpris Madame la Générale occupée à diriger le travail ménager d'une ancienne ordonnance passée valet de chambre. En tablier bleu, juché sur une échelle double, le gars essuyait les vitres d'une imposte, et recevait les conseils de la dame oranaise, debout en bas de l'échelle : « Bougre de saucisse, disait-elle avec rondeur, je vois d'ici les traînées de buée que tu laisses sur la vitre. T'as besoin d'un encouragement, hein? » Et, gaillardement, elle lui empoigna le derrière, d'une prise si ferme qu'il en hennit de surprise et de gaieté. Puis il sauta en bas de l'échelle et rendit la politesse...

J'avais l'âge intransigeant qui refuse, aux personnes mûres, le droit d'aimer amoureusement, leur interdit n'importe quel geste qui ressortit à l'amour, et surtout réprouve que l'amour s'exprime par la gaillardise. Encore plus que le geste de Madame la Générale, c'est le rire de l'homme qui me refoula indignée vers la chambre d'où je sortais. Quinze ans... Le bel âge pour frémir de scandale devant la salacité des aînés! A quinze ans, l'amour ruisselle de pleurs pour un oui, pour un non; il ne rigole pas en se faisant pincer les fesses.

Elle avait une mémoire subtile, comme la plupart des chiens à gros cerveau rond, bouledogues, bull-terriers et petits terriers brabançons, et boxers. La boxer de mon frère aîné *savait* plusieurs chansons, et ma bouledogue Souci un nombre extravagant de mots; elle les apprenait si rapidement que je m'offrais l'amusement de lui donner des défauts de prononciation. Elle aimait les fruits, avec une préférence marquée pour la framboise et le raisin bien mûrs, que je désignais, pour elle seule, sous les noms de « framboueéze » et de « rrheuzin » (l'h fortement aspiré, je vous prie). Quelquefois, j'oubliais les rites, et je lui disais : « Vous voulez une framboise? Un raisin? » Elle me regardait d'un air buté, et ne répondait rien. Je rectifiais : « Une petite framboueéze? Un rrheuzin? » Sur quoi Souci s'élançait, soulagée, avec des marques de joie et d'acquiescement. Jusqu'au jour où, ayant découvert que non seulement la vigne, mais la framboiseraie fructifiaient à hauteur de bouledogue, elle se passa de mon aide et des vocables corrompus pour prendre, vers sept heures du matin, son petit déjeuner de framboueézes et de rrheuzins.

Je l'avais achetée à l'Exposition canine des Tuileries, premier prix qu'elle était des bouledogues français, catégorie des moins de sept kilos, et payée neuf mille francs. Son frère partit pour l'Amérique, enlevé au poids de l'or. L'acquisition passant mes moyens, j'en fus quitte pour me priver d'un costume tailleur neuf et d'un « ensemble » d'après-midi, et la garde-robe de Souci s'accrut d'un harnachement en maroquin écarlate. Quand nous sortions ensemble, mon coude droit râpé et mon feutre (que la comtesse de Noailles appelait mon « chapeau de vieux chasseur ») faisaient peut-être un peu miteux, mais la chienne retenait les regards. En onze années d'existence commune, nous n'avons pas croisé, Souci et moi, un couple où le bouledogue recueillît autant de jalouse admiration.

Avant Souci, nous fûmes longtemps trois à nous promener sagement au Bois de Boulogne : Belle-Aude la beauceronne sur ses hautes pattes noir et feu, moi sur ma bicyclette, et Pati, la minuscule terrière du Brabant, au creux d'un panier à fraises ficelé sur mon guidon. En atteignant les allées désertes, je déposais à terre l'impétueuse brabançonne, qui voulait toujours dépasser à la course la grande bergère de Beauce. Toutes deux obéissaient au commandement qui n'avait de poids et d'effet que si je l'articulais d'une certaine façon populacière : « Su' vot' d'oite, qu'on vous dit, su' vot' d'oite! »

Plus d'un passant, à voir les deux chiennes distinguer si promptement leur droite de leur gauche et se ranger à la dextre de ma machine, restait planté de stupeur, un bon moment.

La Chatte Dernière n'eut qu'une chanson attitrée. Une très jolie chanson américaine, chantée à ravir par les Sophomores, ou les Revellers. Parfois, durant son vénérable sommeil de Chatte, je déclenchais la mélodie familière. Elle ne sortait pas toujours de son assoupissement, mais sur sa gracieuse bouche endormie affleurait un sourire de songe et de connivence : « Oui, oui, j'entends... Ne me réveille pas tout à fait... » Je crois que sa chanson s'intitulait *Blue heaven.* Soyez sûrs que si je rachète un phono, ce sera surtout dans le dessein d'acheter aussi le disque.

Quand je cesserai de chanter la Chatte Dernière, c'est que je serai devenue muette sur toutes choses. Peut-être s'en faut-il de peu, mais, puisque nous n'y sommes pas encore, et puisque je n'ai su parler que de ce que je connaissais, j'ai à dire un mot de celle-ci, un mot de celle-là, qui m'éviteront de retomber dans le récit de mes vieilles amours, desquelles je n'ai à médire, ni à rougir, c'est seulement que j'ai assez d'elles. Je n'aimerais plus me regarder au miroir du passé coiffée d'un bel homme, non plus que couronnée de roses-pompon.

Voici que la mode du caniche marron touche à sa fin, et que celle du cocker noir lui survit à peine. Divers chiens de chasse ont acquis depuis la guerre faveur et hauts prix, principalement les épagneuls, rouge acajou, ou truités de blanc et de noir, ou blanc et foie. Vous pouvez les rencontrer sur les trottoirs, en laisse, avec l'air de désespoir raisonnable qui convient au chien de chasse en villégiature à Paris. Sages, certes, l'œil bas, et insérés dans la queue pour les bananes chez la fruitière. Sages, et pourtant doués d'une aptitude singulière à s'égarer. « Perdu entre rue de Miromesnil et gare de l'Est, setter avec collier sans adresse... Perdu épagneul breton répondant nom Gamin... Perdu épagneul... » La faute à qui ? Sur qui répandre ma suspicion ? O pauvre épagneul accommodé de repentirs à la Sévigné, triste sur le trottoir parisien où sèche et se fendille la corne de vos semelles, si amie des marécages et des fossés obscurs que fleurit la véronique petit-chêne !... « Prends le chien, tu le promèneras en faisant les courses... » Et puis tout d'un coup il n'y a plus de chien, plus de laisse, il n'y a qu'un grand filet plein de salades, de saucisses de Toulouse et de bananes jamais assez mûres, il n'y a plus qu'une pauvre dame démunie de son épagneul... « Perdu marché cours Albert Ier... Perdu marché Saint-Honoré... » Peut-être qu'aux narines subtiles et couleur de chamois de l'épagneul, entre le tréteau des mauvaises oranges et le tréteau des fromages plâtreux, errait l'odeur apportée de Rambouillet dans la botte de cresson, l'odeur des sources, l'odeur du lapereau, l'odeur de l'oiseau, l'odeur qui met, aux pattes de l'épagneul, des ailes, et dans son cerveau étroit de chien dressé, la folie... « Perdu... Forte récompense... »

Le prolifique cocker que la mode tend à délaisser, où va-t-il avec ses portées de huit chiots noirs comme l'Érèbe ? Ses maîtres, par chance, l'aiment pour lui-même, pour sa sentimentalité incurable. Il partage ses soucis entre d'ataviques plaintes cynégétiques et des phrases qu'il a entendues de travers, auxquelles il attribue toujours un sens désobligeant. Il les ressasse et pleure en secret. Nous cherchons à le consoler parce qu'il a de si beaux yeux. « Viens, mon chou chéri, que je t'épingle tes belles oreilles sur ta nuque pour qu'elles ne trempent pas dans ta soupe... » Du moins il ne rejoint pas dans l'oubli le schnauzer à moustache de gendarme et le bedlington à frisure d'agneau qui rappelle, à cause de la bosse sur le nez, feu la duchesse Sforza, née Antokolski... Mais c'est assez offenser les grands élevages obstinés, et Madame de Steinbock-Fermor vous dira mieux que moi ce qu'il faut priser dans le svelte bedlington.

Le marché du caniche marron mollit. Reprise sur les cours du caniche noir de jais. Fermeté remarquable de la cote du caniche blanc de neige. Quelques demandes sur le caniche à poils roulés en ficelle. Sur le caniche marron, notons la fidélité de certains amateurs tels que Mlle Hilda Gélis-Didot et Francis Carco. M. Watermann s'attache au caniche noir-de-jayet. J'en oublie, exprès. J'omets certains taillés comme des ifs, leurs reins sensibles et nus exposés à la morsure du rhumatisme, le cheveu et la barbe à la Victor Hugo ou à la Bébé Bérard.

La vogue du boxer est à son apogée. Aucun caractère de chien ne le méritait mieux, le bouledogue excepté. La femelle a toutes les vertus, d'amitié, de maternité. Et si valeureuse au combat qu'il faut craindre qu'elle y périsse. Je parle après une expérience qui nous donna pour amie une nommée Gertrude, courte, saucissonnière parce que trop nourrie, à qui ses resplendissants iris pailletés valurent le surnom de « La fille aux yeux d'or ». Elle savait aimer autant que haïr, et montrait, à ses rivales de toutes races, ses dents sous sa noire lèvre retroussée. Mais dans ma famille qui l'avait recueillie, elle partageait entre nous tous une tendresse quasi enivrée, gémissante – les boxers chantent et vocalisent –, qui n'excluait pas les chats. O boxeresses masquées de noir, et plissées de seyantes rides ! Vous voici à l'honneur, et je suis encore près de m'émouvoir, au passage de votre raciale odeur de poil ras, de petit cheval chaud et de gueule saine ! Votre manière inoubliable d'entrer, âme et corps, dans un cercle de famille, d'y rêver l'œil sur le feu, d'écouter les voix, les pensées, le choc de la dernière porte, un pas au plafond...

Voilà, je pense, une amende honorable, payée à la gent canine ? Je ne la lui ai jamais marchandée. Mais une longue expérience m'apprit que nous déchaînons trop aisément le communicatif lyrisme du chien. Trois mots, leur accent, une caresse, et le chien éclate, peu maître de ses nerfs, de son langage. « Et allez donc, tout de suite les larmes ! » blâmait ma mère. N'empêche qu'il était beau, ce sphinx presque sans secrets, assis parmi nous.

Elle s'appelait Gertrude. Elle s'asseyait sur sa

cuisse pliée, comme une femme nue, et songeait, face à la flamme. La vie d'un chien émotif est bien courte.

*

Cet enfant, qui pleure dans le jardin, la bouche ouverte en carré... Il pleure longtemps. Il me fait songer à un enfant belge, qui se mettait à pleurer à l'heure du repas. Couleur de beurre, le cheveu soyeux et découragé, quatre ans, cinq ans... Il usait, dans ses rapports avec sa faible mère, de la persistance dévolue à certains enfants, telle qu'elle amène sur la figure des parents une sorte d'égarement, où l'on peut lire le souhait, passager, de voir périr, de faire périr, l'enfant qui pleure si haut. Une fois, l'enfant belge, qui s'appelait Jules, pleura en se mettant à table, et ne s'arrêta plus. Sa tendre mère ne le bannit pas, ne le gifla pas, ne l'enferma pas dans la cave ou dans le placard aux balais.

Il beuglait d'une grande voix à long souffle, et sa mère, pâlissante, lui disait n'importe quoi : « Voyons, mon chéri... Jules, tais-toi! Un grand garçon de près de cinq ans! Tu n'auras pas de crème fouettée. Si vous ne vous taisez pas, Monsieur, vous n'irez pas à la messe, non, je veux dire au cirque... Mon Dieu, que je suis malheureuse... Pourquoi n'ai-je pas un enfant muet?... Jules, je t'en supplie... Jules! obéis à ta mère!... »

Soudain, l'enfant se tut au beau milieu d'un beuglement, et le visage altéré de sa mère reprit couleur et espoir. Elle donna à son fils de la crème Chantilly, du gâteau de Savoie, des pruneaux, et il mangea le tout du meilleur appétit. Sa mère alors le traita de mimi adoré, de bébé-chéri-qui-avait-donc-eu-un-si-grand-chagrin, lui essuya la bouche et les yeux. Sur quoi Jules se remit à beugler plus fort et sans remède. Sa mère le regardait, tremblante devant le mystère.

– Mais, risqua-t-elle, pourquoi recommences-tu ?

Il suspendit ses cris pour répondre, posément :

– Je n'avais pas fini de pleurer.

Je ne l'ai jamais compris, ni toléré, ni inutilement employé, ce ruissellement, ce scandale de cris, cette grimace à bouche carrée de *vomitor*. J'ai une sorte d'horreur de ce menton tremblant, de cette chute convulsive des commissures des lèvres, de ce rhume de cerveau grossi vingt mille fois, de ce chantage qu'est une crise de sanglots. A la base de cette horreur est l'indignation de Sido devant les pleurs impudiques de l'enfance. Plus tard dans ma vie, je rencontre un sentiment analogue au mien chez la laide, parfaite, providentielle vieille Anglaise qui donna ses soins à ma fille pendant sept ans, et qui disait à l'enfant de deux ans et demi : « Plorer ! Vous évez pas honte de plorer devant moi et devant votre mama ? Pas plus vous devez plorer devant personne que faire votre besoin avec la porte ouverte ! »

Dans nos tête-à-tête, Miss Draper professait : « Plorer est un mauvais hhabitude, pas autre chose. My baby plore pas quand elle tombe. My baby plore pas quand il faut aller au lit... » Elle n'interrompait une nomenclature des vertus enfantines que pour promettre, au même baby, une série de châtiments mérités. J'aimai toujours, sur un visage de petite fille florissante, j'aimai, aux heures des drames de la rébellion, contempler la lutte contre les pleurs, la bouche mordue orgueilleusement, l'essai d'un empire précoce sur soi.

Pourtant, une fois... J'avais, par exception, dû emmener ma fille de la Corrèze à Paris, et Miss Draper ne me l'avait pas confiée de bon gré. Les cinq ans de Bel-Gazou, ses culottes de garçon et sa fraîcheur rencontrèrent à Paris un succès légitime. Trois semaines durant, entre le cirque et le cinéma, elle ne témoigna guère que l'absence de sa Nursie-Dear lui pesât. Je lui vis cependant des bâillements nerveux, la mine allongée, mais je mis le tout sur le compte de l'alimentation parisienne. Peut-être aussi que la frivolité de sa grand-mère paternelle... Celle-ci voulait apprendre le tango à Bel-Gazou, et quelques autres jeux de société.

Nous repartîmes, la petite et moi, pour les champs limousins émaillés de vaches, de gentil-hommières penchées sur l'oreille des petits monts. Je fournissais, dans le train, des sujets de conversation, que ma fille passait au crible, acceptait ou rejetait, à sa manière calme et un peu distante. Comme nous approchions de Varetz, je lui offris, campées dans le paysage familier, toutes les merveilles qu'elle semblait avoir oubliées, les oseraies, les fermes, l'onduleuse Vézère survolée de martins-pêcheurs... Nous n'avions pas de voiture à la gare; mais le « petit train » allait nous déposer non loin du gîte... Je me penchai à la portière avant l'arrêt et vis sur le quai la haute et militaire silhouette de Miss Draper.

– Chérie! Bel-Gazou! Regarde Miss qui nous attend! Dis gentiment bonjour à Miss.

Il s'agissait bien de dire gentiment bonjour! J'avais à mes côtés, et si ravagée d'émotion qu'elle ne songeait pas à descendre du train, une petite créature couverte de larmes qui roulaient, sans la mouiller, sur sa joue de velours, et qui sanglotait :

– Nursie-Dear... ôôh! Nursie-Dear... Nursie...

C'est là que j'ai appris qu'une très petite enfant peut pleurer de bonheur comme une amante. Quant à Miss Draper... Je n'ai jamais vu un gendarme « plorer » pareillement dans une gare de campagne, au vu et au su de l'homme d'équipe.

L'instant d'après, nous suivions une sente de traverse, et ma fille et sa nurse reprenaient leur estimable dissimulation. Ma fille dépeignait Paris, avec un grand air de dédain pour le Long-Pré couché tout fleuri à ses pieds. Raidement, Nursie-Dear repoussait les séductions dont elle n'avait pas tâté :

– Si vous hémez tellement votre Paris, vous dévez y rester. Moi j'ai été bien tranquille ici sans vous, que vous me fesez toujours enrager...

L'enfant, dans le jardin, pleure encore, mais par intermittence, car sa mère est partie. L'enclos n'offrant pas de dangers, les enfants y apprennent tôt, et seuls, la vie, selon les codes de langage et d'activité qu'a établis la dernière guerre. Le pleureur se tait chaque fois que le démoulage d'un « pâté » (proportions : terre humide 50 %, crottes diverses 50 %) requiert son doigté. Après quoi il repleure un peu, mais sans conviction. Un autre garçonnet dépasse l'abri des arcades, s'avance jusqu'au grillage qui enclôt la pelouse, lève la tête et crie, comme s'il appelait les pigeons :

– Eh, vous les deux em...eurs! Faut que j'aille vous sercher par la peau du..?

La clameur suscite aussitôt une belle petite fille blonde, et un gros frisé qui bute encore en marchant. Le trio s'éloigne. Ce sont de vieilles connaissances, de qui je n'ignore presque rien, comme vous allez pouvoir lire. Jojo, l'aîné, a sept ans; il en est à sa première année d'école. Un petit garçon de

Paris comme tant d'autres. Signes particuliers : néant. Car le culot n'est plus un signe particulier.

Sa sœur, la Carrée, a quatre ans et demi. Belle fille, pleine dans sa peau, toujours vaguement enrhumée.

Sa mère, une femme fatiguée. Signes particuliers : néant. La fatigue n'est pas un signe particulier chez les mères de trois enfants.

Le Dernier, vingt-neuf mois.

Jojo, en rentrant de l'école, se délivre de son sac, avec le tour d'épaules de l'authentique bourlingueur.

– Ça y est. Je m'engage!

Sa Mère. – Tu t'engages? Tu t'engages où?

– Enfant de chœur. A Saint-Eustache.

– Depuis quand?

– Je commence dimanche.

– Ça ressemble quoi, d'être enfant de chœur? C'est une rigolade!

– Rigolade? Qui c'est qui te cause de rigolade? Ça rapporte, t'as compris? Ça-rap-porte! Le copain qui me file le tuyau a déjà cinq cents francs dans sa tirelire. Tu parles d'un boulot! Tu grattes ici. Tu grattes là. Tu dis la messe. Tu grattes sur la messe. C'est quelque chose!

Sa Mère. – Tout de même, Jojo, tu ne vas pas me dire que c'est une affaire à régler sans le consentement des parents! Tu n'es pas majeur, pour t'engager dans les curés! En admettant que ton père... (Suivent beaucoup de paroles superflues qui semblent n'atteindre ni Jojo, ni la Carrée, ni le Dernier.)

Le dimanche d'après, Jojo fait la grasse matinée, en attendant le bain de pieds.

Sa Mère. – *(ironie supérieure, pour une fois).* – Ben, et ta messe, je croyais?

JOJO. – J'ai pas donné suite.

SA MÈRE. – Rapport?

JOJO. – Rapport à l'heure, d'abord. C'est trop matin. Rapport au métro. Avec le métro, au prix qu'il est, c'est juste si j'y serais pas de ma poche. J'ai laissé tomber.

SA MÈRE. – Et ta dent?

JOJO. – Elle tient. Elle remue, mais elle tient. Vise! *(Il ouvre la bouche.)*

SA MÈRE. – J'en ai assez, je te mène demain au dentiste.

JOJO. – I' va te prendre dans les combien?

SA MÈRE. – P't'être dans les deux cents, j'ai peur.

JOJO. – Chérot. *(Rêverie.)* M'man, tu me files les deux cents, si je t'apporte ma dent cet après-midi?

SA MÈRE. – Apporte d'abord la dent, on verra après.

JOJO *(dans l'après-midi).* – La v'là... *(Il met la petite incisive dans la main maternelle et tend la sienne.)* – Mes deux cents?

SA MÈRE. – Deux cents francs? Deux cents francs à un enfant de ton âge? Deux cents francs, quand une personne comme moi ne les gagne pas? Ce qu'i' faut entendre! *(Jojo hurle. Hauts cris de part et d'autre. Jojo obtient cinquante francs. Apaisement. Puérilité passagère.)*

JOJO *(de bonne humeur).* – Eh, la Carrée! Tu viens faire une partie de pot?

VOIX DE LA CARREE. – Non! I' pleut dans le jardin.

JOJO. – On jouera sur le palier. On fera le pot dans le trou du carrelage qui manque.

(Silence. Entrée de la Carrée qui a la bouche en sang. Elle pleure, mais sans bruit.)

Jojo *(intéressé)*. – C'est quoi, c' que t'as?

La Carrée. – C'est la petite ficelle qui m'a coupée... Je voulais m'ôter une dent en la tirant avec une ficelle...

Jojo. – Elle remue, ta dent? Laquelle?

La Carrée. – Non, elle remue pas. Je voulais toucher les cinquante francs...

(Explosion de cris dans la pièce à côté. Cris maternels, et cris du Dernier.)

Sa Mère. – Mais qu'est-ce qu'il a? Qu'est-ce qu'il a? Quelle malédiction qu'un enfant pareil! Voyez-moi ça! Tout écorché dans la bouche! A vingt-neuf mois, s'estropier pareillement! Ah! quelle génération! (etc.)

La Carrée *(bas à Jojo)*. – Dis rien... Il a essayé de se faire sauter une dent avec le truc à ouvrir les boîtes de conserves. Il voulait toucher les cinquante francs...

*

Depuis décembre nous revoilà dix à l'Académie Goncourt. Mais son grand âge retient chez lui Lucien Descaves, vif octogénaire, ami devenu fragile et léger comme un sarment. Même au temps des cinq ou six couverts, des abstentions, des frictions, des dissensions, j'ai aimé les déjeuners Goncourt. Si Drouant n'avait son petit ascenseur, je serais bien privée. Mais alors je compterais sur six ou huit poignes d'hommes, prêtes à me haler jusqu'au salon que décore le floconneux portrait d'Edmond de Goncourt, et contente de m'y asseoir. Car nous sommes variés, dissemblables avec feu, rebelles à la cohésion. Dorgelès ne perd aucune occasion d'éclater comme marron sur la braise. Il arrive à Carco de bouder, alors il se tait et nous prive de son timbre enchanteur de chanteur (la plus jolie voix de la radio !). Larguier a l'humeur et la crinière du lion badin, et rugit en alexandrins. Billy ? Il sait tout ce que j'ignore : le voilà-t-il pas chargé d'une jolie érudition ?

J'ai beau me poser en vieux garçon, c'est un plaisir encore très féminin que je goûte à être la seule femme des déjeuners Goncourt, entourée d'un aréopage d'hommes. Cinq, six, huit, neuf hommes. D'authentiques hommes – et l'âge ne fait rien à l'affaire – avec des défauts, des séductions d'hommes. Il faut voir Descaves buté contre l'inconfort d'une table grande comme une aire à blé, ennemie de la confidence et de l'intimité, et tâter, de la narine et de la langue, les vins, et critiquer la cuisson; il fallait voir Rosny-jeune, le bien qualifié, sa joue en pomme d'automne, la mémoire et l'ouïe nettes à quatre-vingt-sept ans... Leur sollicitude, qu'ils font discrète, m'est perceptible, m'est réconfortante. Ils ont tous l'air de se souvenir que j'ai été une femme. De temps en temps, notre fringant dernier promu, Gérard Bauer, me dédie un « papier » aussi doux qu'un billet amoureux... J'aimerais, autour de la table ronde, me souvenir qu'Arnoux botanise comme un ange jardinier, que Carco verse à la radio une science d'historiographe. Mais aux séances de la Goncourt on ne loue, ne dénigre que le candidat, on ne bataille que pour autrui. Ainsi fais-je, parmi mes quelques hommes sur qui sont évidentes les marques du travail, parfois de l'âge mûr, de la fatigue, d'authentiques hommes qui humainement perdent patience, élèvent la voix, blasphèment... Humainement ils se disputent, et Dieu merci ils sont gourmands. Aucun d'eux n'a quitté l'amour d'écrire ni l'amour des écrivains. Qui donc, sinon cet amour, nous soutient, annuellement, sur le chemin pavé d'œuvres que nous lisons ? Car nous lisons. Nous lisons cent, cent vingt volumes. Nous lisons le roman de quatre cents, de huit cents pages. Nous débridons, nous éparpillons ce briquetage, ce bloc, qui maçonne les murs de ma chambre, le temps venu. « Heureusement, me disent quelques amis d'un ton léger et complice, vous n'avez pas besoin de savoir tout ce qu'il y a là-dedans, vous pouvez en prendre et en laisser !... » Non, nous ne pouvons pas, même si nous le voulions. Je vous répète que nous lisons. Etrange assemblée, qui sur dix membres compte dix lecteurs scrupuleux ! Consciencieux, capables d'erreur, capables de récompenser un écrivain encore vert, de faire crédit à une promesse, et de le regretter l'année suivante... Croit-on que nous sommes sur un lit de roses, quand sonnent les dernières heures des compétitions ? Les journaux du soir résument nos perplexités en trois lignes teintées d'humour : « A la faveur des huîtres traditionnelles et du fameux blanc de blanc, voici que les membres de la Goncourt sont de nouveaux dix... » Mais non, mais non, elle n'était pas si gaie que ça, l'heure du vin blanc et du vote. D'accord sur Salacrou, mais j'aurais voulu aussi Anouilh... Bravo pour Hériat, mais ça fait bien du temps qu'on oublie Miomandre... Et puis pourquoi pas Robert Kemp ?

Pour me contenter, il faudrait que les Dix fussent une vingtaine – au moins.

Ma chambre, ce soir, figure une caverne de voleurs : c'est un des jours où un mien voisin, joaillier, s'amuse, et surtout m'amuse, à verser ici le contenu de la mallette, doublée de velours, dans laquelle il transporte ses dernières œuvres. Sur ma table-banquette je vois un clip d'or, étoilé de saphirs. Je vois un escargot tout bossué de topazes qui recèle, cachée et bien vivante, une montre pas plus large qu'une lentille. Un gros bracelet, tout ensemble pesant et finement tressé, s'est échappé, comme ferait une couleuvre familière, pour aller boire l'eau de mon gobelet à demi plein. L'œil vert d'un péridot le guette, un péridot massif cerné de brillants, à souhait pour accabler un auriculaire féminin très fin, souligner la pourpre d'un ongle bombé...

Un pendentif d'aigue-marine erre sans surveillance, va répandre son eau d'un bleu magique, mais on l'a endiguée d'un lacis très fin, en diamants tout petits, et enchaînée d'or. Ainsi elle attendra, pendante, l'ombre favorable, le sillon creusé entre deux seins... Et la tourmaline en forme de cœur, où est-elle ? A l'instant elle jouait de sa couleur rose un peu vineuse, entre deux turquoises. « Peut-être dans la corbeille à papiers », suggère mon voisin le joaillier, qui est pince-sans-rire. Les murs de ma chambre reçoivent des éclaboussures jaillies d'un conte persan, des bluettes dardées par l'insondable géométrie des pierres taillées. L'apport opaque – les turquoises – met un peu de calme dans mon désordre bien particulier. Mon voisin et ami l'orfèvre assure que la contemplation des joyaux constitue un traitement de la douleur arthritique, que la plupart des gemmes arrachées aux abîmes demeurent bénéfiques. « Bénéfiques ? Et l'opale ? – L'opale aussi. – Mais sa légende ? Mais les faits qu'on assure dûment contrôlés, qui l'incriminent ? » Mon voisin hausse les épaules : « Il y a toujours eu des maladroits qui ne peuvent pas planter un clou sans s'écraser un doigt. Il y en aura toujours. Regardez plutôt cette monture de bague ? Je crois que je l'ai inventée. Ça s'appelle de l'or tricoté. Vous l'aimez ? »

Tricoté, en effet, fin, maillé – dans mon pays on dit : maillacé –, égayé à chaque maille d'un sable de diamants : oui, j'aime l'or tricoté. Qu'est-ce que j'aime encore ? Cette grosse tortue en calcédoine, fumeuse et constellée comme le ciel nocturne sur Paris ? Non, je ne l'aime pas beaucoup. Elle me rappelle une mode insane, qui incrustait l'écaille des petites tortues vivantes. Ce léger rameau à fleurs de béryls ? Non plus. Trop distingué pour moi. Plutôt ce bracelet, noué en corde molle, important, oriental, cossu, sérieux... Je le loue sans réserve, je l'essaie. Et comme, Dieu merci, il ne m'est pas nécessaire de convoiter pour admirer, ni d'acquérir pour posséder, je savoure un plaisir qui est lui aussi à facettes, qui a sa source dans un art foncièrement parisien, patient et varié, manuel délicatement.. Quand je traite mon voisin d'artisan, il rougit d'orgueil récompensé.

A le fréquenter, j'avance dans la familiarité d'un luxe qui ne fut jamais le mien. J'apprends des noms. Je manie, froid d'abord puis vite échauffé, le beau métal jaune, fauteur de tant de maux et de guerres. J'ai tenu plus d'une fois, avant sa destinataire, quelque jouet admirable, promis, fiévreusement attendu. Dans le creux de ma main j'ai enfermé une pierre, toute nue comme une esclave sans maître. A cause de son eau étrange en deçà du rouge, au-delà du jaune, je croyais étouffer une braise. Mais mon voisin haussa les épaules : « Peuh... elle n'est rien. Son nom, lui-même de fantaisie, n'importe guère. Il n'existe pas de pierre orangée qui ait du prix. Evadés du rubis, de l'émeraude et du saphir, désireux de nous affranchir du diamant, nous retournons pourtant au diamant, à l'émeraude, au rubis. Ou bien il nous faut recourir à celles-ci... »

Elles me paraissent charmantes, celles-ci, dont les noms sont suggestifs de transparence, de liquidité, péridot fidèle à son vert un peu bronzé, tourmaline varicolore, accessible rubis spinelle, aigue si véridiquement marine, et je n'ai garde de vous oublier, vous, verte le matin et rubescente le soir, agréable dissonance éveillée par mon fanal bleu, vous facétieuse alexandrite...

– Eh bien, pourquoi ne pas recourir, en effet, à celles-ci?

Mais le maître du coffret leur manifestait surtout sa résignation.

– Gentilles, dit-il. Amusantes. J'aime les utiliser en pavages d'étuis à cigarettes, en plaques de ceinture, en gros ouvrages. On en a déjà abusé en minaudières... Toute notre ingéniosité ne peut pas leur rendre ce qui leur manque...

– Et quoi donc? Cher ami, vous allez tomber dans ce snobisme qui consiste à leur reprocher de manquer de dureté, de vogue, de rareté, de constance.

Il m'interrompit d'un signe, et d'un mot me déconcerta :

– Non, dit-il. Je trouve qu'elles manquent de regard.

J'ai toujours mes visiteurs du soir. Hier, c'était le petit perroquet gris et vert avec Mariette Lydis. La semaine passée, j'ai eu la petite dame gentille, Madame Margat, et sa caméléone. Oui, cher Miomandre, une caméléone, figurez-vous. Je ne pense pas qu'elle survive longtemps à son petit mâle, mort de notre climat. Elle dormait dans ses bras, où toute la nuit il la tenait serrée. Veuve, elle a voulu se laisser mourir. Depuis quelques jours, elle consent à manger un peu, mais sa peau terne est trop large. La dame gentille qui me l'a apportée avait posé la cage sur ma table-banquette, sous le fanal bleu, et lentement, lentement, comme aspirée, la caméléone montait vers la source de lumière et de chaleur. Parvenue à son toit de barreaux, elle redevint tout à fait immobile. Nous savons toujours interposer à propos, entre un animal et la liberté, un toit ou une paroi de barreaux. Cramponnée, des mains et de la queue, à des branches feuillues, la caméléone imitait, de tout son épiderme, leur vert confus, cependant qu'elle dardait, vers la lampe, l'un ou l'autre de ses yeux pareil à une minuscule lorgnette Directoire...

Je contemple, j'interroge. Je sais si peu de chose sur le caméléon. Mais j'ai la ressource de renvoyer Madame Margat à Francis de Miomandre, et c'est beaucoup. C'est beaucoup aussi que d'apprendre, de Madame Margat, que la petite créature solitaire monte au sommet d'une bouteille, et repose son menton sur le bouchon. Qu'elle regagne seule, le soir, sa maison de feuillage. Qu'elle s'installe dans la corbeille de fruits, et qu'elle y étreint une banane... Qu'elle lèche l'envers humide d'une pelure de poire...

Je n'ai pas toujours le courage, le bon sens de refuser la porte à ceux que je nomme – oiseau, chat ou chien – mes « visiteurs du soir ». Ils laissent ici un sillage, la trace des créatures qui firent avec moi l'échange d'un pouvoir. Je n'ai de plaisir qu'à leur présence, leur départ me résout à un dénuement progressif, à ma décision de me priver du contact, du pelage, de la patte, de l'œil profond, du sourire. Mes visiteurs du soir traversent normalement mes heures, entretiennent en moi les éléments persistants d'une flamme, d'un dialogue. Le caniche (marron) des Carco daigne s'ennuyer ici de temps en temps. Le caniche (marron) d'Hilda Gélis-Didot le relaie, mais ne s'amuse pas davantage. Il s'appelle Unic et pousse de grands soupirs excédés, regarde l'heure, dépose aux pieds de sa maîtresse un gant, une laisse, un sac, tous objets chargés de claires suggestions. Si Hilda n'y prête pas attention, Unic se résigne, mange avec mélancolie un roman policier, une sandale ou le petit balai du foyer. Quelle différence avec la mondaine allégresse d'un perroquet! Anatole-de-l'entresol chante, imite au mieux l'aboiement d'un chien de garde, le miaulement du chat, la voix humaine. Et je ne conseille à aucun cambrioleur d'affronter son bec courbe, qui coupe proprement un os de côtelette...

Hier soir, l'autre perroquet, celui de Mariette Lydis, n'aimait pas, quand il dut le réintégrer, son petit wagon de transport. L'oiseau n'est guère plus gros qu'une caille, et muet sauf un cri très doux. Emprisonné, il redemanda aussitôt sa liberté, par séries de trois coups de bec fermement frappés contre la paroi de bois, selon un rythme égal : toc-toc-toc... toc-toc-toc... Dans tous les pays du monde, les captifs s'exercent à parler ce langage de percussion. Mais où avait-il appris à compter jusqu'à trois, et même jusqu'à trois fois trois fois trois?

C'est ainsi que s'entretient, entre la bête et moi, une entente qui a tantôt enrichi, tantôt assombri ma vie. Chacun de mes amis y met du sien. D'Amérique me viennent des coupures de journaux illustrés, où je vois qu'une chatte des chartreux présente des modèles de layettes de luxe et des chapeaux exécutés à sa taille, que douze rames du *sub* de New York se sont immobilisées à la queue leu leu pour permettre le sauvetage d'un beau tom-cat tombé dans une cavité de ventilation, qu'un autre tom-cat ouvre, par une série de gestes combinés, divers loquets et serrures; mais « Mimile » Blanchar en sait tout autant et on ne l'a pas mis en photographie dans les journaux. Nouvelles de Bordeaux : une belle chienne boxer vient de mettre au monde onze chiots! (« Madame Colette, qu'est-ce qu'il faut faire? Ils sont tous ravissants, mais ma chienne se fatiguera trop! Qu'est-ce que vous me conseillez? » Répondu : « Achetez chèvre bonne laitière. »)

Nouvelles d'ailleurs : « Madame Colette, j'ai à votre disposition un bien joli hippocampe. » Je repense aux propositions du père Raux : « Une gentille lionne de quatre mois, ça ne vous ferait pas plaisir? Elle couche sur mon lit. » Eh non, je ne veux pas un joli hippocampe. Même pas une tendre pieuvre au grand œil rêveur, comme celle qui se blottissait, caressante, dans les mains en conque de son gardien et ami, au musée océanographique de Monaco. Ni un singe surtout, un singe injustement châtié par sa ressemblance avec un petit homme triste...

Une petite caméléone solitaire, un rossignol polonais... quelque perroquet... un jovial et doux boxer, Zorro Piguet, couleur de peau de porc, pesant comme une valise pleine... la minuscule pékinoise, qui faisait à Germaine Fraysse l'hommage intégral de sa petite vie d'elfe passionné, Crockie de Polignac, la bassette dorée sujette aux grossesses nerveuses –, elle est vite close, la liste de mes visiteurs du soir. L'éden qui nous est permis n'a rien d'une arche de Noé.

Je ne possède plus, en toute propriété, qu'une bête vivante, qui est le feu. Il est mon hôte, il est mon œuvre. Je sais couvrir le feu, secourir le feu. Je sais ceindre le feu, en plein air, d'une tranchée circulaire, pour qu'il prospère sans « tracer » dans les chaumes et aller incendier les meules. Je sais qu'il n'aime pas les nombres pairs, que trois bûches brûlent mieux que deux et sept que quatre, et que lui gratter le ventre par en dessous lui plaît comme à toutes les autres bêtes.

Il y a entre lui et moi une vieille question que je prends tout le temps de liquider puisqu'il brûle chez moi les trois quarts de l'année, dans ma chambre qui a adopté ses couleurs, rouge et blanche, et sa présence. Je le consume sans trêve. Sans trêve mais avec une certaine parcimonie. Je le comble, mais en me donnant des airs de lui faire l'aumône. Je lui montre que je viens de loin, de la province, où l'on apprend à ne pas gaspiller le bois et le pain. Je lui mesure l'écharde, la broutille et la feuille sèche, et je veux avec lui avoir le dernier mot, vieux besoin de dompteur, acquis dans le commerce des bêtes. Il me récompense en se jetant sur la moindre de mes offrandes; il me flatte, me facilite ma petite incantation devenue machinale : le côté incantatoire n'y perd rien.

La cheminée dans laquelle je célèbre mon feu est une construction ancienne à laquelle il n'a fallu, je gage, que la main d'un simple maçon. Dans l'enceinte du Palais-Royal nous avons çà et là des poignées de portes, et des panneaux d'un modèle salonnier, et de belles cheminées. La mienne a perdu son marbre, remplacé par une sorte de galantine beige et rosâtre. N'importe, elle a gardé son naturel, son appétit de l'ardeur, son obéissance d'appareil qui, étroitement mêlé à la vie de l'homme, aida à son confort rudimentaire.

Ceux-là qui ont médité, proches d'un feu, quand la nuit abaissée de l'autre côté de la vitre leur garantit une sûre clôture, ceux-là n'ont plus à craindre qu'auprès du feu les rejoignent le chien et le loup crépusculaires, le frisson, le sursaut. C'est l'affaire des novices que de ressentir si fort un poids, un âge, une peur, un mal. Laissez-moi murmurer ma petite conjuration :

Combien le feu tient douce compagnie
Au prisonnier, dans les longs soirs d'hiver!
Tout près de moi se chauffe un bon génie
Qui boit, ou fume, ou bien chante un vieil
[air...

De qui est-ce? Un peu plus je dirais : de moi, parce qu'un concours de lecture, dans mon canton, nous mit, nous autres de douze et treize ans, en demeure de lire à voix haute, avec expression, vers et prose. Un homme bien intentionné s'étant avisé, au chef-lieu, qu'aucun enfant de nos régions ne savait lire autrement qu'en ânonnant, s'indigna, signala le grand péril où l'ignorance du département de l'Yonne ne manquerait pas de précipiter la France entière, et fonda un prix de lecture. Un volume rouge et or, un diplôme confirmèrent qu'âgée de douze ans et demi, Gabrielle-Sidonie Colette savait lire, et me récompensèrent d'avoir, en lisant, bégayé, dit « qui boit z'ou fume » et corrigé par inadvertance la prose de Madame de Sévigné.

Combien le feu tient douce compagnie
Au prisonnier...

Au fait, ils sont peut-être de moi, ces médiocres vers. De moi comme le feu, comme tout ce qui m'entoure la nuit.

Un vers n'a pas toujours besoin d'être beau pour adhérer au plus profond de notre mémoire et y occuper malignement la place qu'envahissent certaines mélodies, condamnables certes, mais inexpugnées.

Combien le feu...

La lecture de nuit est une aide perfide. Plus sûr qu'un livre est le décor que j'ai agencé en l'honneur des minutes et des heures. Je ne suis pas toujours à la hauteur de mes insomnies, mais il est rare que je ne parvienne pas à m'y mettre, par une sorte de rétablissement mental, qui chasse de ce lieu et de moi la crainte de l'insolite. Il n'est pas plus de trois heures, rien ne pâlit encore au ras des toits. A raison d'une lanterne par pilier, je pourrais compter, d'ici, les arcades du Palais-Royal. La maison est si paisiblement habitée que je n'entends personne y dormir, mais la chute de la pincette dans ma cheminée ruinerait le repos inquiet de celui qui dort par-delà deux portes. Or, si je suis immobile ce soir, je ne suis pas sans dessein, puisqu'en moi bouge – outre cette douleur torse, en grosse vis de pressoir – un sévice bien moins familier que la douleur, une insurrection qu'au cours de ma longue vie j'ai plusieurs fois niée, puis déjouée, finalement acceptée, car écrire ne conduit qu'à écrire. Avec humilité, je vais écrire encore. Il n'y a pas d'autre sort pour moi. Mais quand s'arrête-t-on d'écrire ? Quel est l'avertissement ? Un trébuchement de la main ? J'ai cru autrefois qu'il en était de la tâche écrite comme des autres besognes; déposé l'outil, on s'écrie avec joie : « Fini ! » et on tape dans ses mains, d'où pleuvent les grains d'un sable qu'on a cru précieux... C'est alors que dans les figures qu'écrivent les grains de sable on lit les mots : « A suivre... »

Œuvres de Colette

L'Ingénue libertine n° 11

Tout a été arrangé pour que Minne ait une vie des plus douillettes. Mais Minne rêve d'autre chose, elle veut connaître ce qu'elle appelle l'Aventure.

Mariée, déçue, humiliée mais maintenant renseignée et ayant compris que l'Aventure, c'est l'Amour, Minne va alors chercher avec détermination l'homme qui lui donnera ce bonheur merveilleux dont toutes les femmes qu'elle connaît parlent et tous les livres aussi.

Gigi n° 89

Gigi, un des rares romans d'amour heureux de Colette, donne son titre à cet ouvrage qui comporte trois autres nouvelles : « L'Enfant malade », « La Dame du photographe », « Flore et Pomone », dont la richesse du style, d'un art inimitable, enchante.

La Chatte n° 95

Bien avant que Camille, la fiancée d'Alain, découvre une rivale inattendue en Saha, la chatte du jeune homme, celui-ci a déjà opposé secrètement l'élégance du félin à la présence un peu ordinaire de la future épouse. Le mariage ne fait que confirmer chez Alain le léger écœurement qu'il éprouve en présence de l'exubérante Camille. L'arrivée de Saha révèle à Camille un monde d'affection et de tendresse dont elle se sent exclue.

La Vagabonde n° 283

Trompée, humiliée, malheureuse, Renée, au bout de huit ans de mariage, a enfin trouvé la force de divorcer. Depuis trois ans, elle gagne sa vie au music-hall comme mime, danseuse, voire comédienne à l'occasion. Au hasard des engagements, elle est devenue « la vagabonde », complètement libre mais si seule ! C'est alors qu'un homme jeune et riche, Maxime Dufferein-Chautel, très épris, réussit à conquérir Renée et lui propose de l'épouser.

LE FANAL BLEU

Née en 1873 à Saint-Sauveur-en-Puisaye (Yonne), Sidonie Gabrielle Colette y vit jusqu'à son mariage en 1893 avec Henry Gauthier-Villars (dit Willy), à l'instigation de qui elle écrit la série des quatre Claudine *(1900-1904). Divorcée en 1906, elle devient mime tout en continuant à écrire — romans ou souvenirs :* Les Vrilles de la vigne, La Vagabonde, Dialogues de bêtes, La Retraite sentimentale, L'Envers du music-hall, *etc. Elle donne des articles au* Matin *dont elle épouse le rédacteur en chef, Henry de Jouvenel (1912). Elle divorce en 1924, se remarie en 1935 avec Maurice Goudeket.*
Membre de l'Académie royale de Belgique (1936) et de l'Académie Goncourt (1944), elle meurt à Paris en 1954. Par son style et l'ampleur de son œuvre, elle se classe parmi les meilleurs écrivains du XXe siècle.

Les enfants poussent des cris plus perçants que jamais en jouant dans le jardin du Palais-Royal, le timbre des sonneries garde sa force : la sourdine qui tempère leur éclat aux oreilles de Colette s'appelle l'effet de l'âge mais, s'il émousse son ouïe et pétrifie ses jambes, il a laissé intacts les pouvoirs de l'artiste. Et sous la clarté de sa lampe, baptisée le fanal bleu parce que tel un feu de balise elle brille nuit et jour dans sa chambre, Colette note ses observations ou ses souvenirs, ses impressions de voyage aussi.
Des voyages courts pour se soigner à Genève, pour goûter le vin du Rhône, pour revoir la Provence, plus courts encore pour aller applaudir Marguerite Moreno ou Louis Jouvet, pour retrouver le poète Léon-Paul Fargue ou les « Goncourt ».
« Je ne bouge plus, je ne bouge guère, je me berce sur mon ancre sous le fanal bleu », écrit Colette — et elle regarde avec un amusement mitigé « la petite humanité » qui peuple le jardin sous ses fenêtres ou la jeunesse qui lui rend visite. Elle commente le courrier reçu, improvise pour la radio avec Jean Cocteau, accueille ses amis, savoure les fruits sauvages tant aimés dans son enfance.

Paru dans Le Livre de Poche :

L'INGÉNUE LIBERTINE.
GIGI.
LA CHATTE.
LA VAGABONDE.
CHÉRI.
SIDO *suivi de* LES VRILLES DE LA VIGNE.
MITSOU.
LA MAISON DE CLAUDINE.
LE KÉPI.
LE PUR ET L'IMPUR.

De « Colette et Willy »

CLAUDINE À L'ÉCOLE.
CLAUDINE À PARIS.
CLAUDINE S'EN VA.